ロゼ・
シェリーアン
Rose Chérieanne
JN073755
ギニアス・
ライオネル
Guineas Lionel
ディン・ジネ
Dinh Jinh

「星屑獣を倒して
地上を取り戻す。
僕は間違っていない」

「あたしだって間違ったことは
言ってないわ。
カリナはどう思う？」
「あまいわ」

「それでもだ……
僕が守るんだ」

「リュート？」

THE PLEIADES OF THE APOCALYPSE
星浮島ーノアー
—Noah—
かつて星屑獣に地上を蹂躙された人類が作った、空に浮かぶ巨大な人工島。もともと百個の島を空に浮かべたが、星屑獣によって滅ぼされた星浮島も多く、その数は半分近くまで減っている。すでに星浮島を作る技術は失われ、現在は限られた資源を活用して生活している。人類は少しずつだが、確実に滅びの道を歩んでいる。

✴

the PLEIADES OF THE APOCALYPSE

Stardust Girl and Star Slayer Boy

終末世界のプレアデス

星屑少女と星斬少年

谷山走太

AUTHOR

Sota Taniyama

刀彼方

ILLUSTRATOR

Canata Katana

FIRST STARLIGHT

プロローグ

夜空に星が瞬いていた。

あそこで輝く光のいずれかが、明日には人を喰らう獣となって落ちてくるかもしれない。

それが僕らの住む世界。

一体いつからか、この空の彼方からは光り輝く結晶のような体軀を持った巨大な獣が降ってくる。

かつての人々は星が落ちてきたのだといい、獣を『星屑獣』と呼んだ。

その獣は人類の敵であった。

人類の抵抗も虚しく星屑獣は地上を蹂躙していき——およそ二千年前、とうとう人々は地上での生活を諦めた。

ここは高度一万メル。

空に浮かぶ島々で、僕たち人類は生活していた。


「……あれ、嘘でしょ？」

頭上を見上げた僕——リュート・ロックハートの口からかすれた声が漏れた。

信じられない想いを抱きながらも、次の瞬間には僕は走りだしていた。

遥か上空からみるみる影が大きくなる。影は、人の形をしていた。

空から人が落ちてきているのだ。

落下地点に入って上空へ目を向けると、逆さまに落ちてくる影に光が灯った。

なにやら手にした剣を振りかぶる姿勢をとっている。

怪訝に思う間もなく影が地上に向けて剣を振りぬき、光を放つ。

直後に大地を叩きつける風圧が僕の全身に襲いかかってきた。微かに目を見開くと風圧を利用して減速した影が眼前に迫っていて、咄嗟に僕は腕を広げて受け止める。

けれど打ちつける風に体勢を崩されていた僕は、あえなく落ちてきた人もろとも地面を転がった。

少しでも落下の衝撃を和らげることができていればいいのだけれど……そっと腕の中を覗きこむと、その人と目が合った。

女の子だった。

とても綺麗な、女の子だった。

年齢は僕と同じくらい、十五、六歳だろうか。

全体的にほっそりとした身体に、小さな頭がちょこんと乗っている。長い銀色の髪が絹糸のように柔らかく彼女を包み込んでいた。

腕の中の彼女は、僕の顔を見てぱちぱちと目を瞬かせていた。

途端に顔が熱くなる。女の子を抱きしめていることに気づき、僕は慌てて腕を離した。

立ち上がった彼女がぱんぱんと軽く服をはたく。風に吹かれてふわりと髪が揺れていた。彼女の表情は凛として、真っ白い肌は星の光を透かしているかのようだ。

「ええと……その、大丈夫？　結構な高さから落ちてきたけど」

彼女の身体を心配すると、彼女はわずかに小首を傾げた。

「受け止めてくれたの？　どうして？」

「どうしてって……女の子が困ってたら助けるでしょ」

「え？」

意外そうに目を見開いて彼女は僕を見る。

もしかしたら困っていなかったのかもしれない。さきほども彼女なりに着地する算段があったようにも思う。だとしたら余計なことをしたかも……。

しばし気まずい沈黙の後、彼女は戸惑いがちに口を開いた。

「私のことも？」

「そ、そりゃあもちろん。困っているなら助けたいと思うのは当然でしょ」

「困ってはいないわ」

「あ、そう……」

「でもやるべきこと……私がやらなきゃいけないことならある」

「やらなきゃいけないこと？」

わずかな間をおいて、彼女はすっと真っ白な指先で夜空を指さした。

「星屑獣を倒して、いつか星になる」

「へ？」

暗い空には無数の星の輝きがちりばめられていて、

「あの空にあるどの星にも負けないくらい、一番輝きたいの。それでみんなを笑顔にできたらいいな」

透徹とした表情で彼女は夜空の星々を見上げていた。

ある日、僕の目の前に落ちてきたのは世界を壊す獣ではなく、一人の少女だった。

僕らが生きる世界はとても不安定で、脆く、儚く、そして残酷だ。

そんな世界を僕は変えたかった。

これは僕が、世界を救う物語だ。

第一章　空の光は全て敵

「隊列を崩すな！　標的と味方の距離を考えながら動け！」

その日も朝から僕らは訓練に励んでいた。

やかましい教官の声が耳を突く。

ここは東部第一星浮島にある防衛軍が保有する訓練施設の野外グラウンド。

見渡せばそこかしこに鋭角に尖った岩のような標的がいくつも置かれている。標的は結晶甲殻と呼ばれる星屑獣の外殻だ。

結晶甲殻を破壊するための武器――星輝剣を手に僕らは標的めがけて駆けていく。味方の動きを把握しながら、それぞれ標的を包囲するように回り込み……、

「こらリュート！　お前はあくまでサポートだ。前に出すぎるなと何度言ったら――」

教官の怒鳴り声を無視して標的へと突っ込む。

眼前に迫った標的に、手にした星輝剣を叩きつける。

だが金属同士をぶつけたような甲高い音とともに、振り下ろした星輝剣は標的の結晶甲殻に弾かれてしまった。硬い石を叩いたような感触に手が痺れる。わずかに動きの止まった僕の横を眩い光がすり抜けていった。

「あんたも懲りないわね。でもこの役目はあたしに任せなさい」

地を蹴り飛び上がった女性の握る剣が燦然と光を発している。

それは人類の敵を倒すための光。僕らの希望の光だった。

空中で身を捻りながら彼女は光をまとった星輝剣を振るう。

先ほど僕が感じた硬さが嘘のように、標的の結晶甲殻があっけなく砕け散った。

標的を破壊したのはレイン・セラスリア。星輝剣の使い手を養成するこの訓練施設で成績最上位、僕より二つ年上の十七歳の女性だ。

キラキラとした破片が舞い散る中、鮮やかな金髪をなびかせて優雅に着地するレインを僕がじっと見つめていると、

「リュート、星屑獣の強さの最たる要因がなんだか言ってみなさい」

刀身の光が静かに消えていく星輝剣を下ろしながら彼女がこちらに顔を向けた。

鋭い眼差しに、僕は渋々口を開く。

「……星屑獣の強さは、その硬さだ。結晶甲殻で覆われた全身はもちろん、さらにその最奥にある星屑獣の心臓部とされる『星核』は、鍛え上げられた剣や鋼鉄の斧だけでなく火薬武器ですら傷つけられない。『星核』を破壊できるのは、同じく『星核』を利用して造られたこの星輝剣だけだから」

返答を聞いたレインが小さく頷く。

「わかっているなら、どうしてあんたが前に出るのよ」

「そんなの決まってる。僕が星屑獣を倒すためだ」

「あのねぇ、『星核』を破壊できるのは、使用者と同調して力を発揮した星輝剣だけ。いくらあんたに剣の腕があっても、あんたはまだ星輝剣と同調できてないんだから、サポートに徹しなさいよ」

呆れた顔でレインはため息を吐き出した。

空から降ってくる異形の生物『星屑獣』。

それは四足歩行であったり、無数の多脚であったり、足はなく縦長の胴体だけであったり、あるいは羽が生えていたりと、姿かたちは様々だ。共通しているのは光り輝く結晶甲殻という非常に硬い体躯の持ち主ということ。

あらゆる兵器が通用しない星屑獣を倒そうと、かつて地上の人類が造りあげた兵器。それが星輝剣だ。

すべての生物には生命力――『魂の輝き』があり、同調した使用者の『魂の輝き』を星輝剣の星核に注ぎ込むことによってエネルギーを増幅させ、剣としての威力を高めていると推測されている。

一説によると星屑獣は、生物の血肉ではなくこの『魂の輝き』を食べて活動しているのではないかといわれている。星屑獣の心臓部である『星核』が本能として『魂の輝き』を求めているから、生物の多い地上に落ちてきたらしい。だからこそ『魂の輝き』を取り込んだ星輝剣（スターライト）は無類の力を発揮するのだ、と。

他にも星屑獣（ほしくずじゅう）の生命の源である『星核（せいがい）』はただ硬（かた）いだけでなく、それまで地上になかった未知のエネルギーを生み出す物質であった。僕らが住むこの空飛ぶ島も、中心部に埋（う）め込（こ）まれた星核（せいがい）のエネルギーで空に浮（う）かんでいるくらいだ。

かつての地上文明が編み出した星核（せいがい）を根幹とする星錬（せいれん）技術。だがその高度で複雑すぎる技術体系のほとんどは地上に置き去りにされ、二千年後のこの空の上では基礎（きそ）部分しか残っておらず、すべての解明にはいたっていない。

だから現在空の上で造られる星輝剣（スターライト）は、かつて地上で造られたものに比べればその質は数段劣（おと）る。

それでも他に戦う術がない以上、僕らはこの未知の兵器に頼（たよ）らざるをえなかった。現在、僕が手にしているのは訓練用の星輝剣（スターライト）。訓練用とはいえ使用者と同調することで輝（かがや）きを放ち数段切れ味が増すのだが、僕はまだ一度も光らせた例（ため）しがなかった。

「じゃあ、レインが同調の仕方を教えてよ」

「こればっかりは言葉では言い表せないわね。星輝剣（スターライト）との相性（あいしょう）とも言われているし。意外だったわ。あの英雄（えいゆう）ヒナの弟なのに同調できないなんて」

「姉さんは姉さんで、僕は僕だ」

強い語調で言い放つ僕に、レインが眉（まゆ）をひそめる。

「自覚しているなら身の丈に合った戦い方をすれば？」

「違うよ。姉さんのことは誇りに思ってる。でも僕は、姉さんの弟なんて存在じゃ嫌なんだ。いつか姉さんを超える存在になる。それが僕の戦う理由だ」

英雄と呼ばれたヒナ・ロックハート。

僕の姉さんである彼女は、もういない……。

「今回の訓練はここまで！　各自休憩に入れ。ただしリュートはこっちへこい！」

話していると教官の怒声がとんできた。

レインは僕の肩をポンと叩き、

「ほら、呼んでいるわよ。英雄の弟じゃない、誰かさんを」

いたずらっぽい笑みを浮かべる。

「うるさいな」

「せいぜい頑張りなさい。同調さえできるようになれば、あんたは立派な戦力になるわ」

ひらひらと手を振る彼女から離れて教官のもとへとむかう。

案の定、教官からはレインと同じような説教を受けた。

つまらない説教を吹きつける風とともに聞き流す。

小高い丘の上にある野外グラウンドからは、僕らの住む世界がよく見渡せた。狭い土地にこれでもかというほど建物を密集させた居住区域。そのむこうには緑の森や平地が広がっていて、さらに遥(はる)か遠くに目をやると……。

大地はそこで途切(とぎ)れていた。

見上げれば青い空が広がっていて、眼下には雲が流れている。

かつて星屑獣(ほしくずじゅう)に地上を蹂躙(じゅうりん)された人類は、空に浮(う)かぶ巨大(きょだい)な人工島『星浮島(ノア)』を造った。

巨大(きょだい)といっても、地上という広大な大地に比べれば極(きわ)めて狭(せま)い土地である。だがそこしか人々の生きる場所は残されていなかった。打ち上げた百個の星浮島(ノア)とともに、人類の生活の場は空へと変わった。

そうして空の上に住むことになった人類だが、現代でも時折空から星屑獣(ほしくずじゅう)が落ちてくる。

星屑獣(ほしくずじゅう)から人々を守るため、数少ない星輝剣(スターライト)をより有効に活用するため、防衛軍では訓練施設(しせつ)を作り若い人材の育成に努めていた。

現在の訓練生は僕を含(ふく)めて十八名。最年少は十五歳の僕。一番上は二十歳(はたち)。

星輝剣(スターライト)の使い手となるべく厳しい訓練の日々を過ごしているが、全員が星輝剣(スターライト)の使い手となるわけではない。訓練用の星輝剣(スターライト)とは違(ちが)い、星屑獣(ほしくずじゅう)との戦闘(せんとう)に耐(た)えうるほどの星輝剣(スターライト)には限りがあり、訓練生の中から使い手はさらに厳選される。

訓練を終えたみんなが休憩(きゅうけい)に入る中、僕が教官にガミガミ怒(おこ)られていると、見知った顔が近づいてきた。

「元気そうだなリュート」

僕の叔父であり、防衛軍では司令補佐官の役職に就いているクーマンだ。

両親を早くに亡くし、身寄りのない姉さんと僕を引き取って育ててくれた恩人でもある。すでに中年に差し掛かっているクーマンだが、その顔立ちは若々しく精悍さを保っていた。

僕を叱っていた教官は仲間を得たとばかりにクーマンに話しかける。

「ちょうどよかった。クーマン司令補佐官からも言ってやってくださいよ」

「どうした？」

「リュートのやつ、動きや剣技はたいしたものなんですが、星輝剣と同調できないくせにすぐ前に出たがるんですよ。『自分が星屑獣を倒すんだ』って息巻いて。星屑獣が空から落ちてきたときの対応は、基本的には星浮島から落とすことだってのに」

星屑獣のほとんどは空を自在に飛ぶことができない。稀に羽の生えた個体もいるが長時間の飛行はできず、一度高度を落としてしまえば再び星浮島まで浮上するほどの飛行能力を持ち合わせていないので、やつらは地上目がけて落ちていく。

だから非常に硬く倒すことが困難である星屑獣を無理に相手にする必要はなく、星輝剣を使っての星浮島外縁部への誘導と大型火薬兵器による一斉射撃で星屑獣を島から落とすことこそが、被害を最小限に食い止める方法とされていた。

クーマンは小さく息を吐き、僕を見つめる。

「相変わらずのようだな」

「まさか僕に小言を言いに来たわけじゃないでしょ。なにしに来たの？　もしかして……」

普段(ふだん)は司令部に務めていて訓練施設(しせつ)に顔を出すことが滅多(めった)にないクーマンがここにいるということは……。

期待の眼差(まなざ)しを向ける僕にクーマンは静かに頷(うなず)いた。

「技術隊からの朗報だ。新たに星輝剣(スターライト)が一本完成した。名は星輝剣(スターライト)『ポラリス』。訓練用の模(も)擬剣(ぎけん)ではない、実戦用の星輝剣(スターライト)だ。使い手は訓練生の中から選ぶ。ここを出た後の配属先は第二特務隊。ギニアスが隊長をやっているところだ」

星輝剣(スターライト)は星屑獣(ほしくずじゅう)の星核(せいがい)から造られるため気軽に大量生産できるものではなく、実戦で使える星輝剣(スターライト)となるとさらに貴重なものとなる。

クーマンの訪問理由は予想通り、新たな星輝剣(スターライト)の完成に伴(ともな)う使い手選びだった。だが話の後半部分に僕は息を呑(の)んだ。

空から落ちてきた星屑獣(ほしくずじゅう)に対処する役目を担(にな)うのが、星浮島(ノア)の防衛軍。

最も人員の多い防衛総隊は、星輝剣(スターライト)を使っての誘導(ゆうどう)や砲撃(ほうげき)によって星屑獣(ほしくずじゅう)を島から落とす実行部隊であり、人の住む星浮島(ノア)ごとに第一から第二十防衛隊まである。その他にも星屑獣(ほしくずじゅう)の落下を予測する観測隊や、星屑獣(ほしくずじゅう)の生態を研究する調査隊、星輝剣(スターライト)などの兵器開発を担当する技術隊などがある。

しかし防衛軍の中でも通常の防衛部隊と一線を画すのが、特務隊だった。なかでも第二特務隊の役割は星屑獣を星浮島から落とすことではなく、星屑獣の殲滅を目的とした部隊である。

主に星屑獣が落ちてきた場所が外縁部まで遠い場合や、居住区画などに落ちてきて住民の避難が間に合わない場合は、星屑獣と真っ向から戦わなければならない。

そのため第二特務隊には特別な星輝剣が配備されている。かつて地上の技術で造られたとされる星輝剣で、現在空の上に残っているものはたった二振り。そのうちの一つ、古式一等星輝剣『アルタイル』はここ数年、第二特務隊隊長が使用し星浮島を守ってきた。

ただ今までに数多の星屑獣を倒してきた第二特務隊だが、近年では星屑獣を倒した実績よりも、最も多くの犠牲を出している部隊としてその名が知られていた。

乾いた唇を僕はそっと舐める。

配属先が危険な部隊だから臆しているとか、そんなことじゃない。

第二特務隊は、かつて英雄とされた姉さんが率いていた部隊だった。

真っ直ぐにクーマンを見つめて僕は宣言する。

「新しい星輝剣は、僕がもらう」

ここで第二特務隊に配属され、たくさんの星屑獣を倒して認められれば、いずれ姉さんと同じ古式一等星輝剣アルタイルを引き継げる。これは僕が姉さんを超えるための階段を上る、またとない機会だ。

けれどクーマンは静かに首を横に振った。

「星屑獣と戦うのはお前にはまだ早い」

「姉さんは十五歳で星輝剣の使い手として戦っていたよ」

「ヒナは特別だった。お前が同じことをする必要はない。それにお前はまだ星輝剣と同調できないのだろう？」

じっと見据えられた僕はかろうじて問い返す。

「じゃあ今度の星輝剣は、誰が使い手になるのさ？」

「ここでの訓練成績を鑑みるに、レインが第一候補として挙がってはいる」

「納得いかないね。反撃してこない標的相手の成績なんか、意味ないでしょ」

実際の星屑獣を用意することができないのだから仕方ないのだが、単純な星輝剣との同調ばかりが評価される訓練はどうにも釈然としないものがあった。もちろん星輝剣との同調は大事だ。けれど星屑獣と戦うということは、もっと様々な要素が必要なはずなのだ。

「ギニアスもお前と同じことを言っていたよ。敵からの反撃がない戦いなど、戦いではない、とな」

こめかみを押さえてため息をついたクーマンが続ける。

「よって明日に訓練生同士の模擬戦を行い、それを参考に使い手を選ぶ。今日はそのことを伝えに来たんだ。実戦を想定した戦いだ。刃引きした訓練用の剣を使うとはいえ、星輝剣に変わりない。一瞬でも気を抜けば大怪我を負うことになるだろう。覚悟して臨め」

心の中で僕は小さく拳を握る。姉さんの跡を継いだ隊長が僕と同じ考えだということに、なんだか背中を押された気分だ。

こうしてはいられないと、僕は訓練用の模擬星輝剣を握り直す。

「それから、リュート。くれぐれも無茶はするなよ」

背中にかけられたクーマンの言葉に、僕は振り返らなかった。

僕には目指すものがある。誰もが認める英雄になるんだ。

かつて英雄と呼ばれ、今はもういない姉さんのように……。

夕刻。

着替えを終えた僕が更衣室を出ると、他の訓練生たちが談話スペースで雑談に興じていた。

昼間クーマンが持ち込んだ話題について、みんなが口々に言い合っている。

「新しい星輝剣ってどんなのだろうな」

頭の後ろで手を組んだ長髪の男の声に、隣に座る切れ目の男が苦笑した。

「使い手には憧れるけど、配属先があの第二特務隊だろ。いきなりあそこに配属はきっついな」

「やっぱり欠員が多いから補充要員が欲しいんでしょ」

対面で本を読んでいた痩身の男の口ぶりはどこか他人事のようだ。

テーブルに頬杖をつく眼鏡の男がぼやくように言う。

「隊長がギニアスさんになってからパッとしないよなぁ。星屑獣も死傷者出しながらかろうじて倒してる、って雰囲気だし……三年前の戦いも、あり得ないくらいの被害が出たし……」

「以前は有望株が集う華やかな部隊だったのにな。いまや不人気部隊の一番星だ」

誰かが口にした一言に、ゲラゲラと笑い声が連鎖した。

「そりゃ誰だって死にたくはないだろ」

「それより先に明日の模擬戦でポックリ死なないようにしろよ」

「明日はどうせレインで決まりなんだ。怪我しない程度に流してやれば――」

その言葉を遮って、

「怖いなら、辞退すればいい」

僕が声を発すると、視線が一斉にこちらに向いた。

「なんか言ったか？」

集まる視線を前に僕は毅然と答える。

「だって配属先が第二特務隊ってのは、チャンスじゃないか。死傷者が多いのなら、僕が入って犠牲を減らすことができる」

「なんだよリュート。やけに自信があるみたいだな」

僕を見る長髪男のニヤついた視線が鬱陶しい。

自信じゃない、これは覚悟だ。

お前たちみたいな生半可な覚悟で、僕は星輝剣の使い手を目指しているんじゃない。

長髪男を、僕は真っ直ぐ見返した。

「真っ向からねじ伏せてみせるよ。レインだろうが、星屑獣だろうが」

「星屑獣を真っ向から？ お前なに言ってるんだよ。第二特務隊の役目は例外だろ。あくまで俺らは星屑獣を外縁部から落とすのが目的だろうが。星輝剣と同調できないお前が訓練生としてここにいることができる理由もそうだろ。わざわざ戦って倒す必要がないからだ。隊列を組んで星屑獣を誘導して落とし、被害を最小限にする。人も土地も、空の上の限られた資源をこれ以上減らさないために、俺たちは戦うんだろうが」

「星屑獣を外縁部から落とす？ 限られた資源を守るため？ のん気なもんだね」

教科書通りの高説を聞かされ、うんざりしたように僕が嘆息すると、長髪の男は露骨に眉をひそめた。

「なんだって？」

「空には幾千万の星が存在していて、そのすべてが敵かもしれないんだよ。現状維持で満足してたら、いずれ人類は滅びるよ」

「だったらどうするんだよ？」

問われた僕は、瞳に強い決意を込めて断言する。

「僕はたった一人でも星屑獣を倒して、そして地上を取り戻す」

直後、周囲がどっと笑った。

「おいおい、星屑獣相手にたった一人で？」

「仕方なく戦わなきゃいけない第二特務隊だって、必ず複数人で陣形組んで対処してるんだぞ」

「無駄に戦う必要はないだろう」

「地上を取り戻すって、何考えてるんだよ」

口々に馬鹿にしたような言葉を投げつけられる。

なにもわかっていない彼らに、教えてやる。

「倒す必要ならある。やつらを倒せば星屑獣の星核が手に入る。そうすればもっとたくさんの星輝剣が造れる。星浮島の星錬技術も上がる。一人でも倒せる使い手が増えれば、いつか地上を取り戻すことだってできるかもしれない。空の上で足りない資源はそこで増やせばいいんだ」

かつて地上の人間は百個の星浮島を空に浮かべた。しかしこの二千年の間に、その数は半分近くまで減っている。星浮島の寿命なのか高度を保てなくなり自然と地上へ落ちていった星浮島もあったが、ほとんどの星浮島は星屑獣が落ちてきて星浮島ごと滅ぼされたのだ。

僕らの住める土地はどんどん狭くなっていて、少しずつだが確実に滅びの道を歩んでいる。

だから誰かが変えなくてはいけない。僕らだって星屑獣を倒せると、地上を取り戻せると証明しなければならないのだ。

僕の思い描く計画を話すと、彼らは呆れたように言う。

「とんだ夢物語だな。無理に決まってる」

「星輝剣とろくに同調もできないくせにな」

否定の言葉に、僕は耳を傾けない。

「い、いや、それでもだ。僕はやるんだ。いつか地上を取り戻して、姉さんを超える英雄になる」

誰がなんと言おうが、やると決めたのだ。それにみんなが無理だと思っているからこそ、やる価値がある。

僕の決意に彼らは「はいはい頑張れよ」「参ったね、さすが英雄ヒナの弟様だ」と嘲笑ってまともに取り合わず、いい加減一人ずつ殴ってやろうかと僕がそっと拳を握り締めると、

「それくらいにしなさい」

いつから聞いていたのか、女子更衣室側の通路からレインが現れた。

よく通る声で、みんなをたしなめるように彼女は話す。

「志が高いのは立派なことよ。目標が人より高いほど、達成するための努力も人一倍するってことなんだから。リュートが努力していることは知っているはずでしょ。それに人類が滅びを回避する方法をリュートなりに必死に考えているのよ。茶化すようなことじゃないわ」

この場で一番の実力者であるレインに言われ、途端に周囲が気まずそうに黙り込む。おそらく彼女なりの、僕への気遣いのつもりだろう。

けれど僕はレインの澄ました顔を真っ向から見据えて言った。

「僕はレインも超えるよ」

「それは楽しみね。たしかに星輝剣と同調できれば、あんたはあたしと同じくらい強いかも。星屑獣と戦うのに味方が強いに越したことはないわ」

宣戦布告も、柔らかな笑みにかわされてしまう。

気に食わなかった。他の連中のような僕を侮った笑みとは違う。レインの笑みは己の自信に裏打ちされた余裕の笑みなのだ。

それ以上に、なにより腹が立つのは未熟な自分自身。

僕にもっと力があれば、彼らは僕の言葉にしっかりと耳を傾けたかもしれない。僕の言葉に希望を抱いてくれたかもしれない。

唇を噛み締める僕にむかって、レインは「でもね」と付け加える。

「忘れないで。かつて星輝剣を造り出した地上の人間たちでさえ、空に逃げるしかなかったのよ。それがどういうことか」

哀しげな彼女の瞳が僕を射抜く。

そんなことはわかっている……。だけどもし、さきほどのやりとりが僕ではなく姉さんだったなら、こんなことは言われずに済んだかもしれない。

そう思うと、胸が締め付けられるようにたまらなく苦しかった。


星浮島の住民が寝静まった深夜。

コートを羽織った僕は、倉庫からバイクを出した。

かつて地上でも使われていた二輪の乗り物。前後に車輪がついており、動力部にある『星核』が搭乗者の『魂の輝き』をエネルギーに変えて、車輪を高速回転させる代物だ。

現在の技術の中ではかなり高度な星錬技術が使われているらしく、星浮島で購入するには家一軒と同じくらいの値段がするのだが、姉さんは防衛軍で使われなくなったパーツをかき集めてこのバイクを完成させた。

姉さんの遺してくれたバイクに跨り、暗い夜道を走る。

今夜は一際、風が強かった。コートの端をなびかせながら居住区からバイクを走らせること十数分。

小高い丘の上には、慰霊碑があった。

この空の上で輝かしい功績を残した、姉さんの慰霊碑だ。

「これくらいは許してくれるよね」

慰霊碑のそばに突き刺さった装飾用の星輝剣に、僕は手を掛ける。何度もそうしているため、力を込めるとあっさりと引き抜けた。あくまで装飾用の星輝剣なので使われている星核は最低ランクのものだけど、それでも今の僕には十分な代物だ。

軍の所有物である訓練用の星輝剣は厳格に管理されており、たとえ訓練生でも個人の持ち出しは禁止である。だから夜な夜な僕はこの場所を訪れ、星輝剣と同調するための特訓をしているというわけだ。

握った星輝剣に、意識を集中する。

同調によって力が増すのは星輝剣だけでなく、使い手の視覚や聴覚といった感覚器官、肉体の強度や身体能力も飛躍的に向上する。

しかし星輝剣を手にする僕に、変化は見られなかった。

いつものように軽く素振りを繰り返した後、手近な石にむかって星輝剣を振り下ろす。ガリッと音を立てて不格好に石が砕け散った。星輝剣と同調さえできればそこらの石など容易に斬り裂くこともできるのだろうけど、その同調をするには何をすればいいのかわからず、教わろうにも言葉で伝えることは難しい感覚的な部分や才能に左右されるらしく、これくらいしか今の僕にできることが思いつかなかった。

きっとレインにでも見られれば「可能性を信じて努力を惜しまないのは立派ね」とか言われるのだろう。可能性は信じている。けれどこれは努力とは少し違う。

こうでもしないと、不安で眠れないんだ。

姉さんは十五歳のときにはすでに星輝剣の使い手として星屑獣と戦っていた。一方僕はいまだ訓練生で、星輝剣と同調すらまともにできない。このままでは姉さんを超えるどころか、どんどん離されていくだけではないかと、不安や恐怖を振り払うために、がむしゃらに星輝剣を振るっているだけだ。

奇跡を起こした人がいた。それが僕の姉さんだった。

姉さんに追いつきたくて、追い越したくて……けど憧れの姉さんは、もういない。

長い時間姉さんの慰霊碑の前で、無我夢中で身体を動かし続けた。

ふと星輝剣を大きく振るうのと同時に、突風に煽られた。ぐらりと視界が流れる。崩れた体勢はどうやら立て直せそうにない。けれど星輝剣は手放したくなくて、僕は肩から地面に落ちた。たかが突風で体勢を崩すほど、疲れきっていたらしい。

芝の上に転がって、呼吸を整える。

眼前に広がる空では無数の星が輝いていた。

あのすべてがいつ落ちてくるかもわからない、星屑獣となりうるのだ。

昼間僕が口にした『地上を取り戻すこと』など不可能かもしれない。地上の星屑獣をすべて倒しても、いずれ空から降ってくる。空にはこれだけの星があり、目には見えないところにも星はあり、そのすべてを倒すなんて途方もないことだ。

「それでも……やるって決めたんだ」

力を込めて僕は起き上がる。

ふと視界の端で光が流れていくのが見えた。

頭上で移動しているのは星の光ではない。目測で高度はここからおよそ千メルほど。空を飛ぶ飛行艇による夜間飛行の明かりだった。

現在、この空の上には東西に伸びるように大小数十の星浮島が浮いている。僕がいるのは、人が多く住む東部第1星浮島。その他にも農業生産用の島や、自然が多く観光地となっている島、まったく人の住んでいない島などもある。それぞれの島はおよそ五百メルから千メルほどの距離を保ってまとまって浮いており、島同士のやりとりを空を飛ぶ飛行艇が繋いでいた。

この飛行艇も星浮島同様にかつての地上の人々が造ったものである。星核を動力に浮力を得て、翼や帆に受ける風を頼りに空を飛ぶ。あくまで気流に乗って飛んでいるので、飛行距離には制限があり、また極端な高度の上げ下げもできないので、地上に行って星浮島まで帰ってくるなんてことはできない。

農作物や物資の運搬など、各島との往来は、空の上で生きる僕らの生活を支えるのに必要不可欠であり、技術者たちは血眼になって飛行艇の解析を進めた。おかげで地上で造られた飛行艇ほどの性能は有さなくても、各島同士を繋ぐのに支障がない程度の飛行艇なら、空の上でも造り上げることに成功していた。

しかし現在僕の頭上を飛んでいる飛行艇は、普段見かける運搬用の飛行艇よりも遥かに速度が速い。あの速度で飛べる飛行艇は、空の上の技術で造ることはできない。

かつての地上で造られた高速飛行艇『アクイラ』。

防衛軍所有の飛行艇であり、第二特務隊の専用飛行艇だった。

「ギニアスが……本当に来てるんだ」

ギニアス・ライオネルという名は、僕の中では五年前に姉さんの跡を継いだ憧れの人の名だ。

けれど世間にその名が知れ渡ったのは三年前のこと。

ある日、農業生産用の星浮島に巨大な星屑獣が落ちた。島のほぼ真ん中に落ちた星屑獣は、外縁部まで誘導して落とすには被害が広がりすぎるため、軍は第二特務隊に殲滅を命令した。

だがギニアス率いる第二特務隊は、星屑獣を倒すことができなかった。強大な星屑獣を相手に犠牲ばかりが増え、またその星屑獣が短距離なら飛行できることもわかり、他の島への被害の拡大を危惧した軍は、島の星核を破壊して島ごと星屑獣を地上へ落とす決断をした。

おそらく最善の策だったのだろう。

しかし彼らの行いは批判の的となった。落としたのが農業生産用の島であり、一時は空の上全体で食事制限がかかるほどの食糧難に見舞われたのが原因の一つ。だが批判の根幹にあったのは、星屑獣を倒すための部隊が星屑獣を倒すことができなかったということだろう。

空の上なら、降ってくる星屑獣にも対処できる、という概念が崩されてしまった。

僕らは星屑獣に対してあまりに無力で、この空の上の生活にもいずれ終わりが来る。世間にそう痛感させるほどの出来事だった。

「でもなんでこんな夜中に飛んでいるんだろう？」

不思議に思いながら高速飛行艇アクイラの進路に目を向けてみると、夜闇を裂くような赤い光が尾を引きながら流れているのが見えた。赤い光はこのままいけばアクイラと交錯する軌道で……しかもあの赤い光は他の飛行艇の明かりじゃない。

星屑獣が降ってきているのだ。

「けどあの軌道なら星浮島には落ちてこないような……警報も鳴ってないし」

朝から晩まで天体の監視に目を光らせている軍の観測隊により星屑獣の落下はある程度予測でき、おかげで星浮島に落ちてくる可能性がある場合は即座に警報が鳴る仕組みになっている。

現在、僕が肉眼で捉えている赤い光はおそらく落下軌道が星浮島から逸れているため、危険性はないと判断され警報が鳴っていないのだろう。

ならばなぜ、高速飛行艇アクイラが星屑獣に向かっているのか？

頭上ではアクイラと星屑獣の距離が徐々に近づいていく。だが二つがぶつかるより早く、アクイラから一筋の光が飛び出した。白銀の光は矢のように真っ直ぐ伸び、星屑獣の赤い光と衝突すると、星屑獣の輝きが散った。

一瞬の出来事だった。

落下する星屑獣を空中で斬ったのだ。

「すごい。あれが第二特務隊の……姉さんの跡を継いだギニアスなんだ」

輝きの強さからしてたいした星屑獣ではなかったと思う。しかも放っておけば勝手に地上に落ちるような星屑獣だ。

それでもわざわざ倒しにいったのは、おそらく星屑獣の星核を回収するため。

たぶんギニアスも僕と同じ考えなのだ。

星屑獣の星核を集めれば、より多くの星輝剣が造れる。星浮島の星錬技術も向上する。それはやがて地上を取り戻すことに繋がる。

姉さんの跡を継いだギニアスが僕と同じことを考えてくれていたと思うと、なんだか嬉しかった。

「……あれ、嘘でしょ？」

頭上を見上げていた僕だけど、違和感に目を凝らす。

星屑獣を倒した白銀の輝きは消失し、かわりに黒い影がこちらにむかってみるみる大きくなってくる。影は人の形をしていて、真っ逆さまに落ちているように見えて、

「もしかして、ヤバいんじゃ……」

信じられない想いを抱きながら次の瞬間には僕は走りだしていた。

落下地点に入って上空へ目を向けると、逆さまに落ちてくる影に再び光が灯る。

なにやら剣を振りかぶる姿勢をとっていた。

怪訝に思う間もなく影が地上に向けて剣を振りぬき、光を放つ。

直後に大地を叩きつける風圧が僕の全身に襲いかかってきた。微かに目を見開くと風圧を利用して減速した影が眼前に迫っていて、咄嗟に僕は腕を広げて受け止める。

けれど打ちつける風に体勢を崩されていた僕は、あえなく落ちてきた人もろとも地面を転がった。

少しでも着地の衝撃を和らげることができていればいいのだけれど……そっと腕の中を覗きこむと、その人と目が合った。

ギニアスではなかった……女の子だった。

とても綺麗な、女の子だった。

年齢は僕と同じくらい、十五、六歳だろうか。

全体的にほっそりとした身体に、小さな頭がちょこんと乗っている。長い銀色の髪が絹糸のように柔らかく彼女を包み込んでいた。

腕の中の彼女は、僕の顔を見てぱちぱちと目を瞬かせていた。

途端に顔が熱くなる。女の子を抱きしめていることに気づき、僕は慌てて腕を離した。

立ち上がった彼女がぱんぱんと軽く服をはたく。風に吹かれて銀色の髪がふわりと揺れていた。彼女の表情は凜として、真っ白い肌は星の光を透かしているかのようだ。

「ええと……その、大丈夫？　結構な高さから落ちてきたけど」

彼女の身体を心配すると、彼女はわずかに小首を傾げた。

「受け止めてくれたの？　どうして？」

「どうしてって……女の子が困ってたら助けるでしょ」

「え？」

意外そうに目を見開いて彼女は僕を見る。

もしかしたら困っていなかったのかもしれない。さきほども彼女なりに着地する算段があったようにも思う。だとしたら余計なことをしたかも……。

しばし気まずい沈黙の後、彼女は戸惑いがちに口を開いた。

「私のことも？」

「そ、そりゃあもちろん。困っているなら助けたいと思うのは当然でしょ」

「困ってはいないわ」

「あ、そう……」

「でもやるべきこと……私がやらなきゃいけないことならある」

「やらなきゃいけないこと？」

わずかな間をおいて、彼女はすっと真っ白な指先で夜空を指さした。

「星屑獣を倒して、いつか星になる」

「へ？」

暗い空には無数の星の輝きがちりばめられていて、

「あの空にあるどの星にも負けないくらい、一番輝きたいの。それでみんなを笑顔にできたらいいな」

透徹とした表情で彼女は夜空の星々を見上げていた。

不思議な雰囲気を醸す女の子だった。けれど、言いたいことはわかる。

星輝剣の使い手の強さは、引き出す輝きの強さに比例する。

空に輝く星屑獣よりも強く輝く存在となって、みんなを守りたい。僕と同じだ。

「僕はリュート。キミの名前は？」

「……私は、カリナ」

少女はカリナと名乗った。彼女の銀色の髪が風に揺れると、星明かりを受けてキラキラ輝いているように見えた。

すぐそばにある彼女と一緒に落ちてきた大振りの剣を、僕は指さし尋ねてみる。

「それ、星輝剣だよね？」

「そうだけど？」

見たこともない白銀の刀身。さっきまで僕が同調の練習に使っていたものとは違う、正真正銘の星輝剣だ。

彼女がさきほど落下する星屑獣を倒したのは間違いない。考えられるのは……。

「ギニアスと同じ第二特務隊の人？」

尋ねると彼女はコクリと小さく頷いた。

「今日は星が綺麗に見えたの」

「星が、きれい……どういうこと？」

そんなふうに考えるのは、もう長い間忘れていた気がする。

空にある星はすべて、いつ星屑獣として落ちてくるかもわからない敵だと思っていたから。

青い瞳に星の瞬きを映しながら、カリナは薄い唇を引く。

「綺麗にキラキラ光ってて、そしたら星屑獣が落ちてくるのが見えたから、アクイラから飛び降りたの」

「………」

星屑獣が見えたから飛び降りたとか、常軌を逸した彼女の言動に唖然としてしまう。

「でも迷惑かけたみたいね。ごめんなさい」

ペコリと頭を下げるカリナ。

「あ、いや、謝らなくていいよ。むしろ凄すぎて言葉も出てこないよ」

「お詫びになにかするわ。私にできることならなんでも言って」

「なんでもって……」

「一週間ツインテールにするのも、語尾に『ニャ』って付けて喋るのでもいいわ」

真顔のカリナが手を丸めて猫のようなポーズをしていた。

「……えっと、なにそれ？」

「え？　嬉しくないの？　たまにやるゲームだけど、みんな喜ぶわ」

そんなこと言われても……第二特務隊の人たちはバカなんだろうか。

けどせっかくの機会だし、星輝剣の使い手に聞けるなら……。

「じゃあ、よければ僕に星輝剣の扱い方を教えてほしい」

精鋭部隊とされる第二特務隊の星輝剣の使い手が目の前にいるんだ。他に頼みたいことなんてない。僕はどうしても星屑獣を倒したいんだ。

僕のお願いにカリナは意外そうに小首を傾げた。

「そんなことでいいの？」

「明日、星輝剣の使い手を決めるための大事な模擬戦があるんだ。それで実は僕、星輝剣とうまく同調できないんだ。だから今夜だけでも教えてもらえるかな？」

「大事なことなのね」

「そうだね。僕にとってはとても大事だ」

真剣な僕の想いが伝わったのか、カリナは小さく頷いた。

「わかったわ。じゃあ作戦会議、する？」

「作戦会議？」

妙（みょう）にかしこまった言い方だ。

「大事な話をするときは作戦会議。そういうもの」

「まあ別にそれでもいいけど」

その方が教える彼女の気分が乗るのかもしれない。教えてもらう立場の僕がとやかく言うことでもないだろう。

互（たが）いに向かい合うように、カリナは僕を真（ま）っ直（す）ぐ見つめて話し始めた。

「明日、星輝剣（スターライト）の使い手を決める模擬戦（もぎせん）があるらしいの」

「うん、知ってるよ」

なぜならそれは、僕がついさっき彼女に教えたから。

「そのためには、まず星輝剣（スターライト）と一緒（いっしょ）に頑張（がんば）るの」

「うん、そうだね」

「…………」

「…………」

「…………」

「……それだけ？」

「そうよ」

とんでもない作戦会議もあったものだ。

カリナにふざけている様子は微塵もなく、教えることは他にないとでも言いたげな整然とした顔つきだ。

「あの、もっと有意義なアドバイスが欲しいというか……」

さすがにあれでは身も蓋もないので再度お願いしてみると、すっと彼女の視線が僕の足下へと向けられた。

「そこにある星輝剣は、あなたの？」

「これは僕のじゃないし……慰霊碑の装飾用の、たいしたものじゃないから。僕はまだ自分の星輝剣を持ってないから、この星輝剣でこっそり夜に同調の練習をしてるんだ」

慰霊碑にあるものを勝手に使うなど非常識だと怒られるだろうか。気まずそうにする僕に、彼女は真面目な顔で尋ねてくる。

「練習って、どんなこと？」

「えっと、結晶甲殻ほど硬くないけど、星輝剣でその辺の石を斬ってみたりとか……ほら、硬い石でもその石の声を聞けば斬れるって。大昔の地上の本に書いてあったんだ」

インチキ臭い本だし、僕だって石の声だとか本気で信じているわけじゃない。ただ星輝剣が星屑獣の星核を利用しているならば、同じ硬度の星屑獣も物理的に傷はつけられるはず。多少強引なやり方かもしれないけど、同調できない僕が星屑獣と戦うための苦肉の策だ。

そうしてたくさん石を斬っているうちに、同調も自然と身につくんじゃないかと……恥ずかしながらあまり根拠のない練習法に、けれどカリナはこくりと頷いた。

「わかってるじゃない。星輝剣の声を聞くの」

「え、石じゃなくて……星輝剣の声？」

首を傾げる僕にカリナは続ける。

「だって星輝剣は生きているもの。呼びかければ応えてくれるわ。そもそも私は同調の練習なんてしたことない」

さらりと言った彼女の言葉に僕は目を見開いた。

つまり彼女は、訓練生の出身じゃない。

一応噂には聞いたことがある。星屑獣との戦場で負傷した使い手の代わりにその場にいた民間人が星輝剣を握ったら偶然にも同調できてしまい戦果をあげた例があるとか。その類いだろうか。民間人の少女が正規の訓練を受けた者たちよりも星輝剣を上手く扱えているという事実を隠すために、彼女の存在が公表されていないのだろうか。

あらためて見ると、彼女はとても訓練を受けた者とは思えない華奢な体をしている。力を込めれば簡単に折れてしまいそうなその細い腕で、星浮島の人々を守るために星輝剣を振って戦ってきたのだろう。

ある日突然星屑獣と戦うことを強いられたのだとしたら、あまりに不憫だ。

彼女みたいな普通の女の子が、穏やかに暮らせるような世界にしたい。

そのために僕は戦って……。

「ほら、できた。簡単でしょ」

「え？」

想（おも）いに応えるように、僕の手にした星輝剣（スターライト）の刀身が淡（あわ）い光を放っていた。

「……ほんとだ」

身体（からだ）がほんのりと熱い。緩（ゆる）やかだけど星輝剣（スターライト）から力が流れ込んでくるのがわかる。

初めての同調に興奮するとともに、疑問が頭の中に湧（わ）き上（あ）がる。

どうして突然（とつぜん）同調できるようになったんだろう？

いつもと同じように昼間は防衛軍の施設（しせつ）で訓練をして、夜はこの丘（おか）で星輝剣（スターライト）をがむしゃらに振（ふ）り回（まわ）して……いつもと違（ちが）うことは、今日は一人じゃないということ。

「どんなときも星輝剣（スターライト）の声をちゃんと聞いてあげて。独りよがりはよくないわ」

呆然（ぼうぜん）とする僕にカリナはふんわりとした助言を続ける。

「キミはいったい、何者？」

思わず尋（たず）ねると彼女はきょとんとした顔で固まった後、自身の胸元（むなもと）を指さした。

「私は、カリナ」

「それは聞いたよ」

「じゃあ、あなたは何者？」

「………」

言葉に詰まった。

さきほどの彼女の反応もわかる気がする。自分の名前は教えた。それ以上、他に言うことが思い浮かばない。

だって僕は、まだ何者にもなれていないのだから。

答えあぐねる僕を見かねて、彼女は質問を変えてくれた。

「どうして夜にこんなことしてるの？　普通、夜はみんな寝るものでしょ」

昼間じゃ怒られるから、なにもしないと不安で眠れないから。理由は色々と思い浮かぶが彼女が知りたいのは、そういうことではない気がした。

しばし黙考し、僕はゆっくり口を開く。

「普通じゃ僕がなりたいものになれないから、かな？」

やはりというか、カリナは首を傾げてしまった。

彼女に伝わるように、僕は胸の内にある気持ちの断片を拾い集めてどうにか言葉にする。

「強くなりたいんだ。姉さんの弟だなんて呼ばれたくない。意地っていうのかな……こんな僕だって、男だから」

上手く伝わっただろうか。おそるおそるカリナの表情を窺うと、彼女は納得したのかしていないのか判別のつかない顔で僕を指さす。

「男……こんなリュートも、男の子だものね」

「繰り返さないで。恥ずかしい」

「じゃあ聞かせてよ」

「なにを？」

問うとカリナは「うーん」と困ったように小首を傾げ、ぽつりと呟く。

「リュートが男の子かどうか？」

「男だよ」

即座に言い返すと、綺麗に整っていた彼女の顔にクスリと笑みが零れた。

からかわれたのかな……けど、不思議と悪い気はしなかった。

ちょこんと芝生に腰を下ろしたカリナが僕を見上げる。

「さっきの、リュートが強くなりたい理由を教えて」

僕を見つめる彼女の瞳は純粋そのものだ。

「うーん、上手く伝えられるかな」

そっと隣に僕も腰を下ろした。

柔らかい芝生の先がちくちくと手のひらに刺さる。

優しかった姉さんのことを思い浮かべながら、僕はゆっくり言葉を紡いだ。

「僕には姉さんがいてね。一人で星屑獣を倒せるくらい、とても強い人だったんだ。みんなが英雄と呼ぶ、ヒナ・ロックハート。以前は第二特務隊の隊長をやっていたんだけど……」

「私が第二特務隊に入ったときには、隊長はもうギニアスだったわ」

「姉さんが隊長だったのは五年も前のことだからね」

口にして、あれからもう五年も経ったのだと実感する。

どんよりと胸の内が重くなる僕にカリナは言う。

「名前は知ってるわ。星浮島を守るために自らを犠牲に星屑獣と一緒に地上に落ちた人」

「そう。表向きは、そうなってるよね」

「……違うの？」

問われた僕は小さく息を吸い込み、きつく拳を握り締めた。

「本当はあの日、地上に落っこちるはずだったのは僕なんだ」

あれから五年も経ったのに、あの日の後悔は微塵も薄れていなかった。

でも、それでいいと思う。

姉さんがしたことを僕だけは絶対に忘れちゃいけない。

五年前の僕が抱いた決意は、今も変わらず僕を突き動かし続けている。

「だからなんて言うか、姉さんの代わりに生きている僕は、姉さん以上の存在にならなきゃいけないんだ。それが、僕が強くなりたい理由」

星輝剣の使い手の中でも群を抜いて姉さんは強かった。たった一人でも星屑獣を倒した姉さん以上の存在になるにはどうすればいいか。

たどり着いた僕の答えをカリナに告げる。

「僕の夢はさ、いつか地上の星屑獣を全部倒して、地上を人の住める場所にしたいんだ」

「地上の星屑獣を全部……」

勢いのまま理想を語る僕に、カリナは目を丸くしていた。

たぶん呆れているんだと思う。呆れられても僕は気にも留めない。この理想を曲げるつもりはないのだから。かつての姉さんのように胸を張っていればいいんだ。

ぱちぱちと瞬きを繰り返していたカリナは、ふと穏やかな表情を浮かべて言った。

「素敵な夢ね」

「え？」

聞き間違いかと思った。

だって地上は星屑獣が蔓延っていて、星輝剣を造った地上の人々でさえ空に逃げるしかなくて、地上を取り戻すなんてできるわけがない、とみんなが口を揃えて言う。今までさんざんそうやって馬鹿にされてきた。

「リュートが地上を人の住める場所にするか、私が一番輝く星になるか、競争ね」

けれど僕を見るカリナの瞳に嘲りや侮蔑の色は一切見られず、僕は彼女の顔をまじまじ見つめ返してしまう。

「笑わないの？」

「どうして？」

不思議そうに首を傾げる彼女に、僕は言う。

「だって普通なら姉さんを超えるなんて無理だって、地上を取り戻すなんて不可能だって、みんな笑うよ」

「そうなの？　でも私はみんなじゃないから、よくわからない。リュートだって、みんなじゃないでしょ？」

「そりゃそうだけど……」

戸惑う僕に、カリナは優しく微笑んだ。

「大丈夫。みんなが寝ている夜も頑張るリュートは、みんなとは違う。それだけ強い想いがあるんだもの」

「まあ、想いだけなら誰にも負けないけど……」

「強い想いは、魂の輝きの強さ。力になるから。だから、大丈夫」

僕はみんなの英雄になった姉さんを超える存在になりたい。

みんながバカにするその想いを、カリナだけはちゃんと聞いてくれた。彼女の優しさから応援してくれただけかもしれない。それでも応援してくれたことが、嬉しかった。

「そっか。じゃあもっと頑張ろうかな」

そばに置いていた星輝剣を掴み、僕は勢いよく立ち上がる。

同調の感覚を忘れていたらどうしようかと思ったけど、星輝剣はちゃんと光ってくれた。

見上げた空にはいくつもの星が輝いている。あのすべてが星屑獣だとしても、不安や迷いはない。握った星輝剣は淡い光を纏っていて、いつもより身体が軽かった。

なんだか今なら、あの星空すら斬れそうだった。

☆　☆　☆

十数分前。

「落下する星屑獣とは交錯する瞬間が勝負だ。ただし無理はするな。一撃で倒せなかったら即離脱だ。どうせ放っておいても地上に落ちる星屑獣だからな」

高速飛行艇『アクイラ』船内。

この高速飛行艇アクイラと第二特務隊を任されているギニアス・ライオネルが自室に呼び出した二人に作戦を伝えると、無精髭を生やした男が眉をひそめて口を開いた。

「それだけか？　カリナを呼ばずに俺たち二人をわざわざ部屋に呼びつけたんだ。他にもなにか言うことあるんだろ？」

彼の鋭い指摘にギニアスは小さく頷く。

「俺は明日、完成した新しい星輝剣『ポラリス』とその使い手を連れてくる。んで、そいつの教育係をディンかグアルデに頼みたいんだが」

「やっぱり面倒な話かぁ」

無精髭の男——ディン・ジネはぼりぼりと後頭部を搔き、

「ぼ、僕が新人の教育係？」

もう一人のグアルデ・モラウはあからさまな困惑顔を作っていた。

予想はしていた反応なので、ギニアスはあらかじめ用意していた台詞を放つ。

「仕方ねぇだろ。じゃあお前らはなにか？　カリナに新人押しつける気か？」

「そう言われるとなぁ……」

「うぅ……」

口ごもる二人を眺めながら「もう一押しか」と次の一手をギニアスが口にしようとすると、横から割って入る声がした。

「ねぇねぇ、新しい使い手ってイケメンかしら？」

「ロゼ、お前を呼んだ覚えはねぇよ」

好奇心丸出しでその場に居座っている女性を、ギニアスは睨みつけた。

高速飛行艇『アクイラ』の船内は非常に狭い。かつてこの飛行艇を造った地上の人間が、ただ速く飛ぶという性能を追求した結果なのだろう。通路はパイプが剝き出しになっており、すれ違うのに互いに横向きにならなければ通れないような場所もある。狭い船内はギニアスの部屋も例外ではなく、ただでさえ狭い部屋に大人四人が集まるとかなり窮屈であった。

顔をしかめるギニアスを気にもとめず、ロゼは口を挟む。

「別にいいじゃない。私も話に混ぜてよ」

「イケメンや美少女だったらなんだ？　俺らのやることになにか変わりがあるのか？」

「うわっ、つまんないわねぇ」

「使い物になればそれでいいんだよ。まあ最初のうちは期待できないだろうが」

「わかんないわよぉ。ヒナみたいのが来るかも？」

「ありえねぇよ。もしそうなら今すぐ俺の代わりに隊長やってもらうっつーの」

この場にいない人間の名前を出されて、ギニアスは吐き捨てるように呟く。

以前この第二特務隊を指揮していたヒナ・ロックハート。ギニアスにとっては訓練生時代からの同期であり、仲間であり、ライバルでもあり……常に自分の少し先をいく、複雑な存在であった。

他の三人も思うところがあるのか、狭い部屋が妙な沈黙に包まれてしまう。

気まずい空気を吹き飛ばすようにロゼが話題を変えた。

「っていうかカリナのことだけどさ。ギニアスってば、ちょっと過保護じゃない？」

「たしかに。娘を持った父親みたいだな」

「ぼ、僕は愛情を持って接していて、いいと思うよ」

三人から口々に言われて、ギニアスは小さく嘆息した。

「大事には扱うさ。あいつを失うわけにはいかないって、お前らもわかってるだろうが」

「例の『新生星浮島計画』の核になるのがあの子だものね。人類が滅びを回避するための計画っていうけど、そんなこと本当にできるの？」

「俺が知るかよ。俺たちは与えられた命令に従うだけだろ……ん？」

投げやりに答えていると、扉がノックされる。

入ってきたのはメガネの男で、狭い部屋に四人もいたことにわずかに驚いていたが、すぐさまギニアスに視線を向けた。

「ギニアス、あのさ、カリナのことで一応報告しておこうと思って……」

「なんだよ。言っとくが俺は過保護じゃねぇからな。皿割ったとか、髪乾かさずに風呂から出てきたとか、そんなことといちいち報告しなくていいぞ」

仏頂面のギニアスに、メガネの男は言いにくそうに切り出した。

「そろそろ星屑獣の落下軌道とぶつかる時間なんだけど……」

「どうした？　カリナなら星屑獣に怯えて逃げたりしないだろ」

「そういうことじゃなくて……」

「じゃあなんだよ？」

「星屑獣目がけて、飛び出していっちゃったんだけど……」

「……」

しばしの沈黙。

窓の外では赤い塊が暗い夜空を流れている。

直後、白銀の閃光が暗闇を切り裂き、落下していた赤い塊が花火のように散った。

やがて白銀の閃光は見えなくなる。

外は風が強く吹いている音だけがした。

皆が顔を見合わせる中、一目散にギニアスは部屋を飛び出した。

☆　☆　☆

瞼の裏にほんのり熱を感じ、僕は薄ら目を開いた。

芝生と土の匂いが鼻腔をくすぐる。どうやら外で眠ってしまったらしい。

おぼろげな頭で昨夜のことを思い出す。

いつものように慰霊碑の星輝剣で夜遅くまで訓練をして、疲れ果てて寝てしまった……？

いや、それだけじゃなかったような……たしか女の子が空から降ってきて……。星輝剣と初めて同調できて……あれは夢だったんだろうか。

ぼんやりと身体を起こすと、カリナがすぐそばで僕の顔を覗き込んでいた。

「あ、目が覚めたのね」

「……夢じゃない？」

「おはよう」

「うん、おはよう……って、あれ？」

なにか大切なことを忘れている気がしている。

冴えない頭を捻る僕に、カリナは尋ねてくる。

「朝は起きたらおはようじゃないの？」

「そうだけど、そうじゃなくて……え？　朝って……大変だ！　もう朝！」

「そう、大変よ。朝ゴハンを食べないと。お腹が空いたわ」

「大変なのはそこじゃないよ！」

今日が星輝剣の使い手を決める大切な日だ。

幸い太陽の位置はまだ低いので模擬戦の時間には間に合うだろう。それでもこんなところで朝を迎えるとは思っていなかったので、気持ちが急いて落ち着かなかった。

慌ただしく立ち上がる僕をカリナがじっと見つめてくる。

「お腹が空いたの。まさか朝ゴハンを食べない気？　ゴハンは大事よ」

「まさか、とか意外そうに言われても……わかった。途中でなにか買って食べよう」

「よかった。やっと目が覚めたのね」

さっきから目は覚めてるけどね。

安心したような表情を見せるカリナを背中に、二人乗りでバイクを走らせた。

慰霊碑のある丘から防衛軍の訓練施設に行く前に市街地に立ち寄ることにする。

この辺りは居住区と市場が混在しており、住居用の建物の一階部分を改装して店にしていたり、通りのわずかなスペースに屋台が所狭しと並んでいたりする。また並んでいる店も花屋の隣にバイクのジャンク部品を扱っている店があったりと、様々な店が無秩序に乱立していた。それもこれも街の区画を綺麗に整備するには、空に浮かぶ限られた土地はあまりに狭すぎるので仕方のないことだった。

バイクを押しながら歩き、店先に置かれた時計に目をやる。それほど慌てる時間でもないことにひとまずほっとした。

まだ朝早いので営業中の店よりも開店準備をしている店の方が多いが、カリナは物珍しそうに辺りをきょろきょろと眺めていた。

「ねぇ、あの人がとり出した果物、キラキラしてる。どうして?」

「ドライフルーツのシロップ漬けだね。甘くて美味しいよ」

「あっちの人が並べている色鮮やかなものは?」

「あれは宝石商。ほとんど合成で本物じゃないと思うけど」

「おいしい？」

「いや食べ物じゃないよ」

たしかに見た目はキラキラ光っていてよく似ているけれど……。

「なんだ、残念」

お腹を空かせている彼女のために、僕は近くの屋台でサンドイッチを購入した。

「ここのチキンサンドは絶品だから。食べてみて」

特製のソースを絡めたチキンとレタスを焼きたてのパンに挟んだものを、カリナは不思議そうに見つめて、ぱくりとかぶりつく。もぐもぐと咀嚼しゴクリと飲み込んだ後、ぱあっと目を輝かせた。

「おいしい」

「でしょ。数量限定だから朝早くに買わないとなくなっちゃうんだ」

「葉っぱがシャキシャキしてるわ」

「ここのは新鮮な野菜を使ってるからね。それに卵もチキンも合成じゃない本物だよ」

「命が宿っているからおいしいのね」

満足そうにぱくぱくと口に含んでいくカリナを眺めながら、僕は聞いてみる。

「第二特務隊だと普段はこういうのって食べないの？」

「飛行艇であちこち飛び回っているから、保存食の方が多いわ。島に下りたときも、私が野菜やお肉を食べる機会はあまりないから」

この東部第1星浮島は星浮島の中でも一番大きく、人口が密集していて物流の中心地でもあることから、人々が生活に困らないだけの資源や食料は確保できている。けれど他の星浮島に分けるほどの余裕があるかといえば、答えはノーだ。

「野菜も肉も、星浮島全体で考えたら十分な量を生産できているとは言い難いもんね。やっぱり空に浮かんだ星浮島じゃ人が住むには狭すぎるんだよ」

人類がずっと先送りにしてきた、どうしようもない問題。限られた土地と、資源と、食料の中で僕らは生きていかなければならない。

でも解決する方法がないわけじゃないんだ。

「だから僕が星輝剣の使い手になって、この状況を変えるんだ。地上の星屑獣を全部倒す。もしも地上を取り戻すことができれば、広い土地で野菜も家畜も十分に育てられるはずなんだ」

そうすれば数量限定なんていわず、みんながこのサンドイッチを食べられる。誰も我慢することなく、みんなが食べたいものを好きなだけ食べられる生活。

「緑がたくさんあって動物もたくさん住んでいる……私も、そんな星がいいな」

食べ終わったカリナが儚げな声でぽつりと呟く。

そんなものは机上の空論で、くだらない妄想で、馬鹿げた夢物語だとわかっている。

それでも僕は、そんな世界を目指したい。

市街地から再びバイクを走らせ防衛軍の訓練施設の駐輪場に停める。そこから今度は自らの足で広い敷地を突っ切って、訓練場へと繋がる建物にたどり着いた頃には模擬戦の開始時刻の三十分前だった。

訓練生としての入場許可証を提示して建物に入ろうとしたところで、

「ちょっと待て。模擬戦だからって彼女を連れてくるのはダメだぞ」

守衛のおじさんに声をかけられた。

彼の視線は僕ではなく、その後ろに注がれていた。

軍の施設は建物ごとに守衛の人がいて、それぞれの関係者以外立入禁止である。

「あ、すみませ……ん？」

勢いで謝りかけた僕だが、カリナは問題ないのでは？

「この人は第二特務隊の、星輝剣の使い手だけど？」

「いやいや、第二特務隊の人が来るとは聞いているが、こんなお嬢ちゃんなわけ…………し、失礼しました！」

疑いの眼差しを向けていた守衛のおじさんは、彼女が背中に担いでいる白銀の星輝剣を見て、表情を一変させた。敬礼するおじさんの前を興味なさそうに通り過ぎたカリナは建物の中に入ったところで、ふいに鼻をひくつかせた。

「ねぇリュート。あっちからいい匂いがするわ」

さすがにサンドイッチだけでは物足りなかったのか、カリナが僕の腕を引くけれど、

「あっちは食堂があるからね。第二特務隊だって言えば食べさせてもらえると思うけど」

「リュートは行かないの？」

「僕はそろそろ模擬戦の時間だから。そっちに行かなきゃ」

食堂の場所をカリナに教えて、僕は急ぎ野外グラウンドへと足を向ける。

別れ際、再び彼女に呼び止められた。

「ねぇリュート」

「今度はなに？」

振り返ると、彼女は優しい微笑を浮かべていた。

「頑張ってね。ほんのちょっとだけど、リュートが頑張っていたのは知っているから。だから、きっと大丈夫」

「ありがと。いってくるよ」

ほんのり胸が熱くなる。

生まれた熱を力に変えて、僕は歩を進めた。

野外グラウンドに着くと、教官の他に普段は見ない大人が何人かいた。その中に司令部のク

ーマンや、第二特務隊隊長のギニアスの姿もある。

教官に呼ばれて訓練生は一列に並ばされ、模擬戦の説明がされた。

内容は星輝剣を使っての一対一の試合。勝ち抜きやトーナメントではなく、一回の試合を見て実力や適性を判断するようだ。なお対戦相手は訓練生同士で好きに決めていいらしい。

「おいリュート。俺とやろうぜ」

訓練用の星輝剣を手にして握りを確認していると、背後から声をかけられた。

昨日談話スペースで僕を笑っていた、長髪の男だ。口元のにやついた笑みから彼の考えが手に取るようにわかる。一度の模擬戦で評価が決まるのならば、相手はなるべく弱い方が教官たちにいいところを見せられる、と思っているのだろう。星輝剣と同調できない僕は恰好の引き立て役というわけだ。

小さく息を吐き、僕は星輝剣に意識を集中する。

パチンとなにかの回路が繋がったような感覚。星輝剣を握る手が痺れると同時に、力が熱となって流れ込んできた。

刀身が淡く輝き始め、僕の気持ちも昂ぶっていく。

そっと脚に力を込めてみる。光の尾を引いて僕は素早く長髪男の背後に回り込んだ。

「んなっ⁉」

慌てた男の声。

星輝剣との同調によって身体能力を増した僕の動きに、至近にいた彼からはまるで僕の姿が消えたように映ったことだろう。

振り返った彼の顔がさらに驚愕に固まる。突きつけた僕の手にする星輝剣が、鮮やかな光を放っていることにようやく気づいたのだ。

「これでも僕とやる？」

「い、いや……」

同調できない僕と戦うという思惑が外れた長髪男は、戸惑うように首を振った。

ゆっくり星輝剣を下ろした僕は、ざわつく周囲の中からいまだ相手が決まっていない訓練生に声をかけた。

「レイン。相手してよ」

訓練成績トップのレイン・セラスリア。

おそらく実力者のレインが相手だと教官たちにアピールなどできず、むしろ自分の評価が下がってしまうのではないかと、誰も戦いたがらなかったのだ。

みんな、わかっちゃいないよなぁ。

彼らの消極的な姿勢に僕は内心で感謝した。

だってレインに勝てば、自分が一番だと証明できるじゃないか。

「へぇ、同調できるようになったのね。いいわよ。どうせあたしに挑んでくるのは、あんたくらいだろうと思っていたから。同調できるならいい勝負ができそうだわ」

指名を受けた彼女は僕が星輝剣と同調できると知っても余裕に満ちた表情だった。

「みんなレインからビビッて逃げて、情けないね」

「そうね。あたしたちは星屑獣と戦うのだから、みんなあんたくらいの気概があった方がいいと、あたしも思うわ」

「……レインは、もしも自分より強い相手が出てきたら、逃げる？」

ふと気になったので尋ねてみると、レインは肩をすくめて、

「逃げられるならね。でも、誰かが戦わなくちゃいけないでしょ」

それが自分の役目だと言いたげな態度だった。

どこまでも自信に溢れた彼女に辟易する。

「僕に任せてくれてもいいんだよ」

「ふふっ、それはいい考えね」

小さく笑うレインの顔を、僕はむっと睨みつけた。

「なにかおかしい？」

「やっぱりあたしは、あんたのことが嫌いじゃない。ってだけ」

「なら本気でやってよ。そうでないと、僕が勝っても認めてもらえないかもしれないから」

「ええ、よろしくお願いするわ」

「…………」

勝つか負けるか。たった一人を選ぶのに、よろしくもなにもないだろうに。

まずはこの模擬戦で僕はレインを超えてみせる。

いくつかの試合が行われ、僕らの出番がやってきた。

☆☆☆

立て続けに行われる模擬戦を、ギニアスは退屈そうに眺めていた。

実戦経験のない訓練生の模擬戦である。星輝剣の輝きは鈍く、剣技も未熟。普段から星屑獣を相手にするギニアスからすれば、彼らの戦いはどうにも物足りない。そうでなくてもギニアスには、昨晩からずっと気に病んでいることがあった。

「おい、ちゃんと見ているのか？」

耳の奥に響くような低い声に、ギニアスはドキリと肩を震わせた。首を回すと、司令部のクーマンが厳しい視線を向けていた。

「あ、いやちょっと、うちの放浪娘のことが気になってな……」

「言葉に気をつけろ」

もごもごと口を動かすギニアスを、クーマンがたしなめる。

だがギニアスという人間が上官相手にもぞんざいな態度であることは、普段から司令補佐官として第二特務隊とやりとりをしているクーマンは承知しているはずである。

釘を刺されたのは、上官に対しての言葉遣いにではない。

「例の計画は防衛軍内部でも極秘だ。それとも何か支障があったのか？」

教官や訓練生たちに聞こえないよう声を潜めてクーマンが尋ねる。

「たいしたことじゃねぇよ。あっちは他の連中に任せているから、大丈夫なはずだ……」

「なら今はこちらに集中しろ。お前が模擬戦をやらせろと言い出したんだろう。今度の作戦でお前に任せる人材を選んでいるんだぞ」

「わかってるよ」

投げやりに答えながらギニアスが意識を前方へと向けると、次の試合が始まった。

まだ顔立ちに幼さが残る少年と、落ち着いた雰囲気の少女が戦っている。少年が威勢よく星輝剣を振り回し、少女は冷静にそれをいなしていた。どちらの動きも悪くはなく、試合は拮抗していた。だが全体的に攻める動きが大きい分、少年のほうが目立ってはいる。

「……あれがヒナの弟か」

「お前の目から見て、どう思う？」

問われたギニアスは少年の挙動をしばし目で追って、率直な感想を漏らす。

「思い切りの良さは買うが、それだけだな。猪突猛進、退くことを知らねぇ。ありゃただのガキだな。星輝剣との同調もお粗末だ。だから星輝剣に振り回される。ちゃんとあいつに戦い方を教えてやってるのか?」

「教官も苦労していると言っていた」

「まあ、あの気迫だけはたいしたもんだがな。ヒナに似て元気が有り余ってるのかね」

わずかな面影が見てとれて、ギニアスは苦笑する。

隣でクーマンは顎に手を当て感心したように言った。

「もう少し一方的になると思ったが、思ったよりいい勝負をするな。どちらが勝つと思う?」

「さあな。戦いってのは終わるまでなにが起こるかわからねぇよ」

「なら質問を変えよう。お前の部隊に欲しいのはどっちだ?」

あらためてギニアスは模擬戦をじっと見つめる。

「ふん。そんなの決まってるだろ」

甲高い音が響き渡り、片方の星輝剣が宙に舞った。

どうやら勝負が決したようだ。

☆　☆　☆

身体が鉛のように重かった。

額から流れ落ちる汗が鬱陶しく、ときおり意識が朦朧となる。

まだ慣れない星輝剣との同調、普段とは違い反撃を気にしなければならない戦いに、僕の疲労はすでにピークに達していた。

握りしめた星輝剣が放つ光も開始直後に比べてずいぶん弱くなっている。

対してレインの星輝剣の光はいまだ衰えをみせていない。

おそらく星輝剣と同調した肉体や感覚を僕よりもレインの方が上手く扱い、消耗を抑えた戦い方ができているということだろう。

「それでもだ……」

歯を食いしばって、僕は地を蹴った。一気に近づくレインを見据えて「ここだ」というタイミングで星輝剣を思い切り振り下ろす。

間合いに入る手前で、だ。

大振りの剣先が地面を叩き、砂塵が舞い上がった。

目眩ましの隙に僕は素早く背後に回り込んで斬りつける。しかしレインはその一撃を、星輝剣を背中に回して受け止めた。片腕での無理な体勢での受けなのに、僕の星輝剣は押し切れない。

さらにレインが沈めた身体をぐるんと回転させ、僕の星輝剣は弾かれた。

思わず僕が距離をとると、おもむろにレインが口を開いた。

「一生懸命な気持ちは痛いほどわかるわ。でもあんたはまだ星輝剣の扱いに慣れていない。

次の機会もあるでしょ」

降伏を促す言葉に、僕は目を見開く。

「なにが……わかるって？」

次の機会なんて待っていられない。

この空の上の世界は酷く不安定で、ある日突然目の前に星屑獣が落ちてきて、僕の命はあっさりと終わりを迎えてしまうかもしれないというのに。

僕以外の誰にわかるというのだろう。英雄ヒナの弟という重責が。

どれだけ訓練しても、やり足りない気がするんだ。

どれだけ身体が疲れていても、眠れない日々が続くんだ。

どれだけ時が経っても、瞼を閉じれば姉さんを失ったあの日の光景が浮かび上がるんだ。

「……僕の気持ちが、他人にわかるわけないだろ！」

気炎を吐いて、僕は星輝剣を構えて駆け出す。

腕は千切れそうだ。肺が悲鳴を上げている。僕の動きはレインに見切られていて、相手の星輝剣が当たれば骨折では済まないかもしれない。

それでも前へと脚を動かすのは、僕には誰にも譲れない、目指すべきものがあるからだ。

間合いに入る直前で僕は跳躍し、渾身の力で星輝剣を振り下ろす。レインは冷静な反応で、下から斬り上げ迎え撃つ。

甲高い音を上げてぶつかり合った星輝剣は――僕の手を離れて宙に舞ってしまった。

けど……それがどうした！

英雄になるんだ。だったらこんなところで引き下がるわけにはいかないんだ。

僕には死ぬより怖いことがある。英雄と呼ばれた姉さんの代わりに生きている僕が、何者にもなれず無意味に生き続けるほうがよっぽど怖い。

剣を飛ばして勝ちを確信するレインの一瞬の隙に、僕は身体ごと突っ込んだ。

即座に斬り払おうとするレインの星輝剣をすんでのところで掻い潜り、驚愕の表情を浮かべる彼女の腹に肘を入れて動きを止め、そのまま肩を当てて身体を密着させ、腕をとって腰を跳ね上げる。

さきほど僕が手放した星輝剣が地に突き刺さるのと、宙に舞ったレインの背中が地面を叩くのはほぼ同時だった。

背中から地面に落とされた衝撃で緩んだレインの手から僕は星輝剣を奪い取り、仰向けのその顔に切っ先を突きつけた。

わずかな静寂。

僕の荒い呼吸だけが、やけにはっきり耳に届く。

じっと見下ろしていると、レインの腕がわずかに動き、僕は意識を集中するが、

「……参ったわ。降参よ」

レインは両手を大の字に広げて敗北を認めた。
透き通る青空の下、僕は模擬戦に勝ち――
そして僕に星輝剣は与えられなかった。

「どういうことだよ！」

荒々しく扉を開けた僕の声が、教官室に響き渡った。

あの後すべての模擬戦が終了し、星輝剣の使い手に選ばれて第二特務隊への配属が告げられたのはレインだった。

あまりの剣幕に教官室にいた数人の視線が僕へと注がれる。顔見知りの教官の他に、司令部のクーマンの姿があった。ギニアスはいない。おそらくレインを連れてすでに自分の部隊へと戻ったのだろう。

「静かにせんか！　まず教官室に入る前には所属と名前を――」

「ああ、いい。私が相手をする」

殴りこみに近い僕の態度を咎めようとする教官を、クーマンが制止した。

「リュート、まあ座れ。話がしたいのだろう？」

僕が来ることを予想していたのか、クーマンは落ち着いた様子で近くにあったイスを指し示す。けれど僕は立ったままクーマンを見据えて言った。

「なんでレインが星輝剣の使い手に選ばれるんだよ。僕がレインに勝ったはずだ。勝った僕を差し置いてレインが選ばれるなんて到底納得できない。だってレイン自身も負けを認めていたんだよ」

　問い詰める僕の視線を受け止めて、クーマンは重々しく口を開く。

「そうだな。たしかに模擬戦はお前が勝った。だが勝った者が星輝剣の使い手に選ばれるとは一言も言っていない。訓練生同士の模擬戦を行い、それを参考に星輝剣の使い手を選ぶ。そう伝えたはずだ」

「なんだって？」

「星輝剣は使い手の魂の輝きに呼応して真価を発揮する武器だ。お前もよくやっていたが、星輝剣との同調に関してはレインの方が優秀だった。輝きも持続時間も違う。自分でもわかっているだろう？」

　彼の言い分に、たまらず僕は声を荒らげた。

「そんなのは最初からわかっていたはずだ！　なんのための模擬戦だよ！」

「敵がいる緊張状態での動きや判断力を確認するためだろう」

「なら実戦に近い形で勝った僕の方が──」

「たしかにお前の剣技や戦う姿勢は目を瞠るものがある。だが星屑獣を傷つけることができるのは、使用者の『魂の輝き』を引き出している状態の星輝剣だけだ。ならば星輝剣との同調が高い者を優先せざるを得ない」

　淡々と告げてくるクーマン。

言いたいことは理解できるが、僕の頭がそれを拒否していた。

唇を噛み締めて僕はクーマンをきつく睨みつける。

「それでも……勝ったのは僕だ」

頑なに退かない僕を見て、クーマンは大きく嘆息した。

「本当にわからんのか？」

「……なにが？」

問い返す僕の声が、震えていた。

その先は聞くべきではないと直感が告げている。

けれどクーマンの言葉は否応無しに僕の耳を突いた。

「あの模擬戦、お前が星輝剣を手放した時点でレインの動きがわずかに止まった。だが星屑獣は止まってはくれん。つまり、そういうことだ」

「っ⁉」

一瞬、呼吸ができなかった。胸が締め付けられるほどに苦しい。

本当はわかっていた。レインは僕が怪我をするのではないかと、最後の最後で躊躇した。

だから僕はあの瞬間、彼女の懐に飛び込むことができた。あの模擬戦での勝利はレインの優しさに付け込んだ、卑怯な勝利だったんだ。

それでも肺から空気を絞り出すように、僕はかすれた声を漏らす。

「……そもそも、星屑獣と戦うんだから、対人の模擬戦なんて関係ないじゃないか……」

「未熟な訓練生に星輝剣を与えて、実際に星屑獣と戦わせろと？」

「…………」

拳をぎゅっと握り締めると、痛いほど手のひらに爪が食い込んだ。

黙りこむ僕を見かねて、クーマンが優しい声音を発する。

「正直リュートがあそこまでやるとは思わなかった。驚いたぞ」

司令部の上官ではなく、育ての親としての穏やかな顔だった。

僕の胸はいまだ激しい動悸を繰り返している。きつく噛み締めた唇からは血が滲んでいた。

慰めようとするクーマンの顔を見たくなくて、俯いて僕は言う。

「……違うでしょ。クーマンは、五年前に姉さんを失ってビビッたんだ。残った僕まで失うんじゃないかって、怯えて……だから、僕を危険に晒したくないから――」

「決めたのはギニアスだ。私じゃない」

「そんな……」

姉さんの跡を継いだギニアスにも、認められなかった。

その事実が僕の身体に重くのしかかる。

それ以上、僕はなにも言えなかった。

どうして僕は姉さんみたいになれないんだろう？

教官室を後にした僕の頭を、疑問符が埋め尽くす。

僕にはなにもかもが足りなくて、あんなやり方でしかレインに勝てなくて、けれど他にどうすればよかったのかわからない。今日星輝剣の使い手に選ばれなかった僕は、きっと明日からまた訓練の日々だろう。それが正しいのかもわからない。

どっちが前かもわからず、ふらつく足取りで僕が廊下を歩いていると、

「あ、リュート。どうだった？」

カリナがいた。

どんな顔をしていいかわからない。それでも背中を押してくれた彼女に報告くらいはしなければと、どうにか口を動かした。

「ダメだった」

「……そう」

「模擬戦は勝ったけど……ちょっとずるい勝ち方で……やっぱりダメだった」

ぽつりぽつりと、僕は事の顛末を説明した。

話を聞いたカリナは、「負けたけど頑張ったんだね」とも「残念だったね」とも「また次の機会があるよ」とも、なにも言わなかった。

僕もそんな慰めや同情は求めてなかった。

胸の内にどろりと溜まったこの想いを、とにかく吐き出したかった。

「僕はいつもダメなんだ。あの日も僕は姉さんに守られて、ただじっと突っ立って、見ていることしかできなくて……だからもっと強くなりたかったんだ」

「うん、聞いたよ」

「ダメな自分を変えたかったんだ」

「そうなんだ」

「僕が選ばれなかった理由も、頭ではわかってる。でも悔しいんだ。情けないんだ」

「そっか」

「姉さんみたいに、いかないんだ」

「そうだね」

カリナは相槌を打ちながら、僕の想いをただ聞いてくれた。

それでもこびりついた想いは吐き足りない。

「頑張ってもダメな僕に、みんなが言うんだ。僕は姉さんみたいにはなれない、って。僕にはまだ早いとか、僕には無理だとか、みんな、みんな、みんな……ぁぁぁあああっ！」

吐き出そうとした想いが胸に詰まり、もがき苦しみ、唸るような咆哮が通路に響き渡った。

大声で叫んでも、まだ吐き足りない。すぐに何事かと駆けつけてくる教官に怒られるだろうが、彼らのことなど知ったことか。

「教官も、レインも、クーマンも、ギニアスも、誰もなんにもわかっちゃいない！　僕が誰より努力した。僕が誰より星輝剣を欲している。僕が誰より星屑獣と戦う覚悟を持っている。僕は、僕は間違っちゃいない！」

感情の昂ぶるままに僕は握った拳を壁に叩きつけた。

「僕が一番、この世界を変えたいと思っている！　なら選ばれるべきは僕だろ！」

殴った拳がじんじんと痛んだ。

けれどこの痛みも、姉さんを失ったあの日の悲しみを上書きすることはできない。

だから姉さんを超える英雄になるんだ。どれだけ否定されようが僕は折れるもんか。

思いの丈をすべて吐き出すと、目をぱちくりと瞬いたカリナが僕を見つめていた。

「……リュートはダメだったんじゃないの？」

言いたいことをぶちまけた僕は、少しスッキリした気分で言う。

「うん、ダメだった……けど諦めきれないんだ。困ったな」

「リュートには無理だって言われたのに？」

「い、いや、それでもだ。無理かどうかは、やっぱり僕が決めたいんだ」

ちょっぴり軽くなった胸を張って言うと、カリナはクスリと笑みを浮かべた。

「おかしな考えね」

おかしいだろうか。いや、そうかもしれない。だって僕は英雄になるんだから。みんなと違うおかしな考え方の一つや二つ持ち合わせていても、きっとそれは悪いことじゃない。

開き直っていると、廊下のむこうから怒鳴り声が聞こえてきた。僕の叫びを聞きつけて、教官がやってきたのだろう。

「やばっ、逃げよう」

咄嗟にカリナの手を取って、走り出す。

星輝剣の使い手となるべく日々鍛えている僕と、現役の星輝剣の使い手であるカリナだ。教官が追いつけるわけもなく、数回角を曲がった頃には諦めたのか教官の姿は見えなくなった。

軽く息を整えながら隣を見ると、カリナの視線は下へと向いていて――僕らは手を握ったままだった。

「あ……いや、その、ごめん」

慌てて手を離して謝るが、カリナは気にする素振りも見せずにおもむろに口を開いた。

「それじゃあ、ギニアスに会いに行きましょ」

離したはずの手を、今度はカリナの方から握ってくる。

「へ？」

唐突すぎて、口の端から間の抜けた声が漏れた。

呆ける僕にカリナは告げる。

「ギニアスはいつも言うわ。物事にはすべて理由があるって。ならリュートが選ばれなかったことにも理由があるはずでしょ」

「それは星輝剣との同調が、レインより下手だったから」

「いやギニアスが言ったらしいけど……」

「本当にギニアスが言ったの？」

じっと目を見て聞かれても、困ってしまう。

そんなこと僕にはわからない。クーマンがそう言っていただけだ。

「直接聞いたわけじゃないけど……」

「じゃあ聞きに行きましょ」

「でもギニアスはもうここにはいないし……」

「きっとアクイラに行けば会えるわ」

「僕なんかを連れてっていいの？」

高速飛行艇アクイラ。かつての地上の技術が詰まった飛行艇で、防衛軍が管理する重要機密の一つである。訓練生の僕が気安く遊びにいっていいような飛行艇ではない。

驚く僕に、カリナは申し訳なさそうに目を伏せた。

「私が大丈夫って言ったのに、ダメだったから……リュートに悪いことしちゃったから」

模擬戦の前の激励を言っているのだとしたら、彼女が気に病むことじゃない。背中を押してもらった僕は、彼女に感謝の気持ちしかない。ダメだったのは僕の力が足りなかったせいで、彼女はなにも悪くないから……。

「それにリュートのことが気になるから。力になりたい」

突然そんなことを言われて僕の思考が一瞬止まった。

「……え？　それってどういうこと？」

頭の中で彼女の発言を反芻し、繋いだままの手と、その意味を考えれば考えるほど頬が熱くなる。

火照った顔でカリナを見ると、彼女は真顔で言った。

「面白いから、もっと見てみたいの」

「ああ、そういうこと……」

小さく肩を落とすと彼女が小首を傾げていた。

「なにか言った？」

「いいや……僕が英雄になるまで、しっかり見ていてよ」

気を取り直して僕は前を向く。

カリナと繋いでいた手が温かい。

全部吐き出したはずなのに、胸の奥で燻っていたものが再び熱を帯び始めていた。

高速飛行艇『アクイラ』が停泊している港を目指して、僕とカリナは朝に立ち寄った市街地を再び歩いていた。カリナから「今朝の街並が昼間はどうなっているのか見てみたい」と言われては、ギニアスのところまで案内してもらう僕に断ることなどできるはずもない。

早朝はまだ人気も少なかったが、今は行き交う人々や声を張り上げ客を呼ぶ露店商で活気にあふれている。重たいバイクを押しながら歩く僕とは対照的に、カリナは人波をすり抜けるようにあちこちの店を覗き回っていた。

「はい、これ」

戻ってきたカリナが手にした包みを差し出してくる。

「え、僕に？」

「朝あまり食べなかったでしょ。朝と同じのは売ってなかったけど」

包みの中身は、朝僕が買ったお店のサンドイッチだった。

「あれは朝しか手に入らない数量限定だからね」

「お店の人にこっちも美味しい、って勧められたの。美味しかったわ」

「……自分で食べて確かめたんだ」

「リュートも食べて。美味しいものを食べると元気が出るわ。美味しいは強い味方よ」

「ありがとう」

気落ちする僕を励まそうとしてくれているのだろう。

たしかに朝はあまり食べておらず、そのことを思い出したら急激にお腹が空いてきた。厚意をありがたく受け取り、僕は勢いよくサンドイッチにかじりつく。

もぐもぐとお腹を満たしていくうち、なにやら視線を感じて顔を上げると、カリナがじぃっと僕の手の中にあるサンドイッチを見つめていた。

「半分食べる？」

尋ねるとカリナはぱあっと目を輝かせ、残っていたサンドイッチを瞬く間に平らげた。

僕を励ます気持ちよりも、彼女が食べたい気持ちの方が上回っていたんじゃ……。それでもあまりに彼女が美味しそうに食べる姿に、なんだか元気をもらえた気がした。

二人で街並を歩いて眺めながら、ときおり通りで立ち話に興じている人たちの会話に耳を傾けてみると、どうやら港に高速飛行艇アクイラが停泊していることは住民たちの間でもちょっとした話題になっているようだ。

「この東部第一星浮島に第二特務隊が来てるんだってな」

「三年前に農業島一つ落とした、あの第二特務隊か」

「隊長がギニアスじゃな。ヒナの頃のような活躍は期待できないだろ」

聞こえてきたのは、三年前に襲来した星屑獣を倒せずに島ごと地上に落とした事件。

第二特務隊は最善を尽くしたのだと、僕は思う。けれど時期が悪かった。

五年前に星浮島を救った英雄ヒナの奇跡がまだ記憶に新しい頃で『ヒナならば星屑獣を倒せ

たのではないか？』と第二特務隊を継いだギニアスの力量不足を世間は痛烈に批判したのだ。

ふと気になったので隣を歩くカリナに聞いてみる。

「カリナは三年前のあの戦いにも、ギニアスたちと一緒に戦ったの？」

「あのって、どの？」

「三年前の。ほら、ギニアスの事件の……」

「よくわからないけど、三年前なら私は戦ってないわ」

星輝剣の使い手としてとても若いカリナだが、さすがに三年前はまだ戦場にいなかったようだ。カリナはいったいいつから星輝剣の使い手なんだろう……。

疑問に思いながら歩いていると、

「おっ、放浪娘じゃないか。こっちだ、こっち！」

通りに構えた店の一つ。テラス席に座って酒を飲んでいた男が、僕らに向かって手招きしていた。無精髭を生やした体格のいい大人で、僕の記憶にはない人だったが、カリナがそちらに足をむけた。

「ディン、なにをしてるの？」

「ん、一応任務中だな」

昼間から大の大人が顔を真っ赤にして酒を飲んでいる。見るからにだらしない雰囲気に、僕は小声でカリナに尋ねた。

「知り合い？」

彼女はコクリと頷いた。

「一緒にこの島まで来たの。途中ではぐれちゃったけど」

カリナの紹介に、ディンと呼ばれた男が苦笑する。

「飛行艇から突然飛び降りてその言い草か。まあ俺はそこまで心配してなかったが、ギニアスなんかは大慌てだったぞ。どうだ、元気にしてたか」

「ええ、元気よ」

「ならよかった。で、一緒にいるのは？　まさか男か？」

「リュートは男だけど？」

「いやまあそうなんだけどな……で、お前の名前は？」

向けられた視線を真っ向から見つめ返し、僕は言う。

「リュートです。もしかして、カリナと同じ第二特務隊の人？」

「ディンは副隊長」

答えたのはカリナだった。

「え、ほんとに？」

思わず声に出てしまった。こんなだらしなさそうな人が星屑獣と戦う第二特務隊の、ましてや副隊長だとはにわかに信じられなかった。

「なんだ少年、さては疑ってるな」

酒臭い息を吐きながら、ディンは足元から「よいしょ」と布に巻かれた細長い物を持ち上げる。くるりと布を剝いで見せ、ニヤッと自慢げな笑みを浮かべた。

「俺の愛用、星輝剣ディフダだ。これで信じる気になったか？」

よもや貴重な星輝剣を足置きにしていたのではないかと思われるような、あまりにぞんざいな扱いに僕は目を見開く。さらにはこんな酔っ払いですら星輝剣の使い手だと知り、悔しさがこみ上げてきた。

「……副隊長が、任務中になにしてるのさ？」

「なにって？　見りゃ、わかるだろ。酒飲んでるんだよ」

「だからなんで……そもそも任務ってなに？」

「放浪娘の捜索だよ。ったく手間かけさせるなよ」

「え？　わたし、迷惑かけた？」

小首を傾げて尋ねるカリナに、ディンはジョッキの酒をぐいっと呷って「カアーッ、うめえ」と上機嫌で笑みを浮かべる。

「なあに、俺はこうして外で酒が飲めるから助かってるよ。ただ心配してる連中もいるから、あとでごめんなさいしとけ」

「わかったわ」

素直に頷くカリナ。

どうやら第二特務隊のメンバーで、いなくなったカリナを捜していたようだ。昨晩カリナが空から落ちてきたのは、やはり普通ではなかったのだろう。

なんとなく状況は僕にも理解できた。けど納得はいかない。

「それで……副隊長がどうしてサボって酒飲んでるのさ」

「みんなは足で捜してるんだ。だったら俺は他の方法を模索するべきだろ」

「それって自分がサボりたいだけじゃないの？」

「でもこうして俺がカリナを見つけたんだ。ならこの酒には意味があったのさ」

「屁理屈だね」

「一つ、いいことを教えてやろう、少年。世の中ってのは正しい理屈ばかりでできてるわけじゃないんだぜ」

他の隊員は必死に捜索しているかもしれないというのに、怠惰な自分を正当化しようとするその態度に少々腹が立ち、僕はディンをむっと睨みつける。

だがディンは意にも介さず平然と質問してきた。

「それで、少年はなんでカリナと一緒にいるんだ？」

「……僕を、ギニアスに会わせてほしい」

「そういやギニアスが新しい星輝剣の使い手を連れてくるって言ってたが、お前か？」

　ぎゅっと拳を握り締めて、僕は正直に答えた。

「それは、僕のことじゃない……ギニアスは僕を選ばなかった。理由を聞きたいんだ」

「へぇ、聞いてどうする？　選ばれたやつのほうがお前より優秀だった。理由なんてどうせそんなもんだろ」

「たしかにそうかもしれないよ……それでも僕は、星屑獣と戦いたいんだ」

　星屑獣を相手に誰より勇敢に戦った姉さんのように、そしていつかは姉さんを超える存在になりたい。

　僕の決意を聞いたディンは、

「はあ？　お前なに言ってんだ？」

　奇怪なものを見るような目で僕を見ていた。

「自分が戦わなくていいんだぞ。そっちのほうがいいだろ？　特に俺たちなんて星屑獣と真っ向から戦わなきゃならないんだぞ。どう考えてもバカのやることだろ」

「副隊長の、ディンも戦うんじゃないの？」

「俺はバカじゃないから、あくまでサポート。一番前で身体張るのはギニアスだ。俺みたいなのはギニアスの後ろに隠れながら死なないように上手いことやり過ごすのが一番安全、ってなもんだ」

　ぐいっと酒を呷って陽気な笑い声を上げるディン。

顔を赤く染めるディンを真っ直ぐ見据えて、僕は言う。

「僕は昼間から酔っ払ってるろくでなしにはならない。星屑獣を倒す立派な男になるんだ」

面と向かってろくでなし呼ばわりされたディンは、たいして気にする素振りも見せず僕を見つめ返した。

「もう一つ、いいことを教えてやる。星屑獣と戦うなんて、あれこそ戦うことしか能の無いろくでなしがやるもんだ。少年はもっと立派な夢を見ろ」

諭すような口調だった。

でも僕にはこれ以上ない、誰より立派な夢がある。

「姉さんを……ヒナ・ロックハートを超える英雄になるのが、僕の夢だ」

堂々と胸を張って言い放つ。

対峙するディンがわずかに眉を上げた。

「お前、ヒナの弟か？」

「…………」

「ヒナを超える英雄か……たしかにそれは立派な夢だな」

無言を肯定と捉えたのか、ディンはしみじみ僕の顔を見て、

「だがやめとけ。お前には無理だ」

ばっさり斬って捨てた。

「お前だから言ってるんじゃない。ヒナを超えるなんて、お前に限らずみんな無理だ」

みんないつだって言うことは同じだ。僕だって、それがどれだけ難しいことかくらいわかっている。それでも、やってみなくちゃわからないじゃないか。

「無理かどうかは僕が決める」

「面倒なやつだなぁ」

呆れたようにディンは吐息を漏らし、カリナに視線を移した。

「こいつがバカだってことはわかった。で、カリナはなんでこいつと一緒にいるんだ？」

「え？　なんで……？」

「だってギニアスは他のやつを選んだんだろ？　選ばれなかったこいつの言うこと聞いて、どうしてわざわざ連れていくんだ？」

問われたカリナは僕を一瞥し、

「リュートがまだ諦めてないから。他に理由が必要？」

さも当然のように言った。

カリナは今も、僕がダメなやつじゃないと信じてくれているのだと、胸が熱くなった。

はあ、とディンはため息を漏らし、

「オーケー、俺が悪かった」

両手を上げて降参のポーズをとると、そのまま背もたれに寄りかかり天を仰いでぼやくように呟く。

「しっかし、どうしたもんかねぇ」

「どうしたもなにも、僕のことは放っておいてくれて構わないよ」

「放っておいたら、ギニアスに会いに行くんだろ？」

「止めても僕は会いに行くよ」

はっきり告げる僕に、ディンは露骨に嘆息した。

「これだよ。いきなり『一緒に戦わせてくれ！』って面倒なやつが押しかけてくるんだぞ」

「言っておくけど、僕はギニアスが選んだレインに模擬戦で勝ったんだよ。そんなに弱くはないと思うし、迷惑はかけないよ」

「俺が迷惑なんだ。面倒なやつだとわかっていて会わせたら、俺が文句言われるんだよ」

「そんなの知らないよ」

「知らない……ああ、そうか。俺が止めなかったんじゃなくて、カリナが連れてきたことにすればいいのか。もともとそうだったんだし。それなら俺も怒られないだろう。よし、それでいこう」

「今度は責任逃れ？　自分の保身のことしか考えてないの？」

「…………ねぇ」

「少年がおとなしくしていれば生じない責任なんだがな。それに事実なんだから、別に構わないだろ」

「……ねぇ」

「あのさ、副隊長がいい加減なことばっかりやってると、周りの人たちが――」

「ねぇってば!!」

言い合いを遮るほどの大声が、きーんと耳に響いた。

怪訝な顔で僕とディンが振り返る。

声の主であるカリナは、じっと空を見上げて言った。

「気をつけて……来るわ」

危険な音がした。

風が震え、空気が軋む轟音。

嫌な予感が全身を硬直させる。身の毛もよだつ、忘れるはずもない感覚。

頭上の青い空を切り裂くように、燃える赤い光が尾を引いてこちらに迫っていた。

遅れて警報が鳴り響く。

防衛軍の施設から空を走る赤い塊に向かって無数の火薬兵器が撃たれるが、この距離ではもう遅い。

「おい、冗談はやめてくれよ……」

一瞬で酔いが覚めたのか、ディンの顔は青白くなっている。

斜めに流れてきた真っ赤な塊が、僕らの島に落ちた。

赤い塊は落下の速度そのままに、地面を抉りながら立ち並ぶ建物をなぎ倒していく。嵐のように進路にある全てを破壊していき、一直線に瓦礫の山を生み出して、僕らの前方十数メルの辺りでようやく止まった。

瓦礫の山の終着点で、宝石が命を受けて脈動するように、もぞりとそいつが動きだす。

大気の摩擦で熱を帯び、赤く染まった表面。陽光を浴びてキラリと輝く外殻は、鋭い結晶でできている。見れば見るほど心が吸い込まれそうになる光を放つ結晶の体軀に、頭部には四つの青い複眼がついていた。

空から降ってきた異形の生物。

紛れもなく、星屑獣だった。

眼前の星屑獣の体長は三メルを越える大きさだが、それよりも、

「こいつは輝きが強いな。マグニチュード2か、あるいは1クラスかもしれん」

巨大な体軀から放たれている光に、ぼそりとディンが呟いた。

星屑獣の危険度は単純な大きさよりも、その輝きの強さによって決まる。『マグニチュード』と呼ばれる単位で星屑獣の輝きの強さを分類し、その数字が小さいほど輝きが強く、厄介な星屑獣とみなされる。

　これほどの輝きを放つ星屑獣ならば、通常は観測部隊が事前に察知し、星屑獣の落下予報を出す。上空にいる早い段階から対空迎撃で落下軌道を逸らし、星浮島に落ちてこないようにするものだが……。

「そんな……星屑獣の落下予報も出てない……こんな街の真ん中に落ちてくるなんて……」

　掠れた声を漏らす僕のそばで、ディンが吐き捨てるように言う。

「観測部隊の連中が落下を見誤ったな。だから初動が遅れて、落下軌道を変えるのも間に合わなかった……」

　声が聞こえたのか、身をよじった星屑獣の眼がこちらを見た。二つに分かれた口から生えた無数の牙がギチギチと醜い音を立てている。

「俺らが餌に見えたか。ちょうどいい。ギニアスたちが来るまでこっちで引きつけるから、とっとと逃げろ」

　纏った布を一気に剝ぎ取り、ディンの構える星輝剣が淡い光を放ち始める。

　咄嗟に僕は、首を振った。

「嫌だ……姉さんは、こんなときでも逃げなかった！」

「はあ？　今はそんなこと言ってる場合じゃ……っ⁉」

　直後に、僕の身体が衝撃を受けた。吹っ飛びゴロゴロと地面を転がり、身を起こしたところで、ディンに蹴り飛ばされたのだと気づく。

数瞬前まで僕がいた場所で、ディンが星屑獣の鋭い尻尾を受け止めていた。受け止め、力を下方へと受け流し、ディンは尻尾に飛び乗る。尻尾には鱗のような尖った突起が無数にあり、それを足場に走っていた。

だが星屑獣の巨体に迫る直前、尻尾がうねり、ディンの身体が宙に放り出される。

落下するディン目がけて、星屑獣が牙を剝く。ディンは空中で器用に身を翻し、避けざまに星屑獣の頭部を斬りつける。だが回転しながら振り下ろしたディンの星輝剣は、わずかな傷を刻むことしかできず、次の瞬間ディンの身体が吹っ飛んだ。星屑獣が振るった前足をモロに喰らい、瓦礫の山に叩きつけられたのだ。

慌てて僕が駆け寄ると、

「いっつつ……硬すぎるだろ。傷つけるので精一杯かよ」

瓦礫の中からむくりとディンが起き上がった。

星輝剣と同調している間は身体能力の上昇だけでなく、肉体が活性化し一時的に強靭な身体へと変化している。それでもディンの額は割れて、滴り落ちた血が地面を赤く染めていた。

「それ、怪我……」

見つめる僕に、ディンは額を乱暴に拭って答える。

「ああ、誰かさんがいなきゃ受けに回らず済んだんだがな。わかったら逃げろ――」

「なら代わりに、僕が戦う」

口をついて出た言葉に、ディンが目を剝いた。

「なに言ってやがる！　震えてるやつなんざ足手まといだ。とっとと逃げろ！」

言われて身体が震えていることに気づく。

周囲には破壊された建物が暴虐の爪痕として広がっている。眼前の星屑獣は今にも僕を食い千切らんと迫ってきそうだ。絶望と恐怖が辺りに蔓延っていて、僕の身体は竦んで、膝が笑っていた。

震える僕の肩に、優しく手が触れる。

振り返ると同時にカリナがそっと僕を押しのけた。

「私が戦うわ」

彼女は震えていなかった。瞳は真っ直ぐに、目の前の星屑獣を見据えている。

「カリナ、住民の避難がまだ終わってない。星屑獣の注意をこっちに引きつけることに専念しろ！　星屑獣をどうこうするのは避難が完了してからだ！」

「わかったわ」

状況を確認しながら二人が星屑獣にむかって駆けていく。

「僕は、僕は……」

唇をきつく噛み締める。たまらなく悔しかった。

あんな酔っ払いが、自分よりも冷静でいることが……。

自分と同じくらいの歳の女の子が、自分よりも勇敢なことが……。

けど立ち尽くす僕には何もできなくて、目の前で戦う二人の邪魔にならないようにするくらいしかなくて……。

ふと、視界の端になにかが見えた。

二人が星屑獣と戦っているそのむこう、瓦礫の陰に小さな女の子がいた。恐怖で動けないのか隠れるように身を縮こまらせているが、あれではいつ戦いに巻き込まれるかわからない。

ディンもカリナも、逃げ惑う人々も、誰も彼女に気づいていない。

僕しか、彼女の存在に気づいていなかった。

それなのに僕の身体は震えて動かないままで……。

星屑獣と戦う二人の背中は、まるであの日の姉さんのようだ。

それに比べて僕は……いや違う。

悔しいのは、他人と比べて劣っているからじゃない。姉さんを失ったあの日からなにも変わっていない、臆病で立ち尽くすことしかできない自分自身だからだ。

このまま誰かの背中を見つめ続ける自分で、それでいいのか？

いいわけがない。

僕の世界を変えるんだ。そのためには、僕自身が変わるんだ。

誰かの背中を見るのは、もう嫌だ。

誰かに守られるのは、もう嫌なんだ。

傲慢でも、わがままでも、未熟でも……、

「それでもだ……僕が守るんだ」

口にした言葉を力に変えて、僕は走り出していた。

星屑獣を迂回しながら、全力で腕を振り、がむしゃらに脚を動かす。

座り込む女の子のもとへと駆けつけて、

「もう大丈夫だよ」

声をかけたときには、星屑獣が僕らの方に身体の向きを変えていた。

咄嗟に僕は、女の子をかばうようにして立った。

なにがあってもこの子だけは助けるんだ。

固い決意を胸に顔を上げた僕の視線の先、こちらに迫る星屑獣を追いかけるカリナと目が合った。

直後にカリナが大きく腕を振るう。鋭い光の尾を引きながら、彼女が手にしていた星輝剣が僕の目の前に突き刺さった。「使って」と彼女の瞳が告げている。

どこまでも彼女は僕を信じてくれているのだ。

胸が熱い。湧き上がる熱が全身を駆け巡る。

もう震えは止まっていた。

強い意志を持って、眼前に突き立つ星輝剣を握りしめる。

僕の世界が、光に包まれた。

☆　☆　☆

「ここがブリッジだ。飛行艇の操縦の他に通信機器もある。俺たちが戦っているときは、全体の戦況を見ながらここから指示を出してもらう」

港に泊めた高速飛行艇アクイラへと戻ってきたギニアスは、新人隊員のレインに艦内の説明をしていた。正直、新人の案内係など他の隊員にやらせたかったが、あいにく今は多くの隊員が出払ってしまっている。

スッとギニアスは新人の表情を窺った。レインの顔には、隊長のギニアスを前に緊張も気負いも見られない。いたって自然体でギニアスの説明を聞いている。

昼間の模擬戦を思い返してみても、レインは冷静に事を運んでいた。ギニアスが直接視察し、彼女ならば使えそうだと連れてきた人材である。

だが不安は常に付き纏うものである。模擬戦でできたことが実戦でも同じようにできるとは限らない。戦場に絶対はない。星屑獣の威圧感を前に、普段と同じことをやれというほうが無茶なのかもしれないが、できなければ死ぬだけである。

結局使い物になるかどうかは、実際に戦場に出てみなければわからないのだ。ギニアスの見立てでは、レインが使い物になるかどうかは五分といったところだろう。

ふとレインの模擬戦の相手だった少年を思い出す。あれはダメだ。すぐに感情的になって、状況判断に著しく欠ける。部隊に入れれば周りに迷惑をかけるのが目に見えていた。ましてやあのヒナの弟だという……。

とそこまで考えて、選ばなかった者のことを考えても意味がないとギニアスは気づき、目の前のレインに向き直った。

「隊の連中はあとでまとめて紹介する。今のうちになにか聞きたいことはあるか？」

顎に手を当てたレインは思案顔で言う。

「そうですね……思ったよりも人が少ないんですね」

「停泊中でもやることはたくさんあるんだ。街に買出しに行ったり……他にも色々と用事があるんだよ」

質問に、ギニアスは曖昧に答えておいた。

よもや昨晩隊員の一人が飛び出したきり帰ってこず、皆で捜索しているなど新人の前で言えるはずもない。

「残っているのは飛行艇の整備を担当している、僕みたいのだね」

声がして、ブリッジに唯一いた人間が顔を出す。

「はじめまして。僕はここの整備士長のクロップ。キミが新しい星輝剣の使い手かい？」

「今日からこの第二特務隊に配属になりました。レイン・セラスリアです。よろしくお願いします」

握手を交わすと、クロップが人懐っこい笑みを浮かべる。

「飛行艇だけじゃなく、星輝剣の整備もしてるから。あとでキミの星輝剣も見せてほしいな」

「あたしもまだ実際に使ったことはないんですけど」

「じゃあ今から同調してみせてよ」

「えと、今すぐですか？」

「構わないぞ。もう案内は済んだし。そいつは色々と面倒なやつだが技術者としては一流だ」

戸惑うレインに、ギニアスが告げる。

するとクロップは胸に手をあて饒舌に話し始めた。

「そうそう、星核を使った技術は僕に任せてよ。個人的に星錬技術の研究もしてるから。キミは知ってる？　地上の人が考えた星錬技術ってのは凄いんだよ。星核を通して生物がもつ魂の輝きをエネルギーに変えること、星核を根幹とする技術が星錬技術だって言われてるけどさ、別に人の魂の輝きがなくても星核は微弱なエネルギーを発しているんだよ。つまり星核はそれ単体でも生きているってこと。利用しているつもりで、逆に僕らは星核に魂の輝きを食べられているともとれるんだ。この高速飛行艇アクイラも不思議だよね。星核はもともと星屑獣の心臓部だからね、そのエネルギーを浮力に変えて飛ぶっていう技術は空の上でもある程度解明されているし、僕も納得もできる。けどアクイラほどの高速飛行をするエネルギーはいったいどこから生まれるのかな？　そもそも星屑獣の外骨格を覆う結晶甲殻はマグネシウムの方解石結晶に似ているけど硬度が桁違いだ。生体鉱物であれほどの硬さをどうやって造り出しているんだろう？」

とてつもない勢いで語られて、レインが困惑した顔を向ける。

「すみません。突然聞かれても、よくわかりません」

「こっちに振るな。俺もわからん」

顔を引きつらせる二人を気にもせずクロップは己のペースで喋り続けるが、

「他にもほら、この星核の探知機とか見てよ。防衛軍の観測隊にも同じようなのあるんだけどさ、こいつは何万メルも上空にいる星屑獣の星核反応を捉えることができて……あれ？」

唐突に、その口の動きが止まる。

自らが説明していた機器にがばっと顔を寄せ、みるみるその目を見開き、

「ギニアス、大変だ！」

叫び声が響き渡った。

「なんだよ。こっちはようやく一息つけたと――」

「上空に星核の反応アリ！」

その一言でギニアスは事態を察した。

星屑獣が落ちてくるのだ、と。

「輝きのマグニチュードは【一・八】だ。軍の対空迎撃……間に合わない。市街地に落下した！」

「なんだってそんなとこに……くそっ、外に出てるやつらに緊急招集だ！　すぐに出るぞ。新人もついてこい。ただし絶対に手は出すな。今回は離れたところでおとなしく見学してろ」

星屑獣の大きさ、凶暴性、周辺の地形から住民の避難状況。現場に着くまでは時間がかかるが、すでに考えることは山ほどある。頭の中で戦場を構築するギニアスにむかって、クロップが再び叫んだ。

「ギニアス、落下地点のすぐそばで別の星核の反応があった！　こっちは星輝剣を使用しているときの反応だ」

「どこのバカだ！　あのクラスの星屑獣と単独でやり合おうってのは！　あとでぶん殴ってやる！」

「反応は、ディフダ。ってことはディンだと思うけど……えっ、これって……ギニアス！」

再三呼ばれたギニアスは苛立ちを隠そうともせず振り返る。

「今度はなんだ！」

「もう一つ、星輝剣の反応……」

「なんだ、一緒に誰かいたのか。よし、二人いるなら誘導と時間稼ぎをそいつらに――」

「それが、この反応……たぶん、カノープス」

おそるおそるといった様子で、告げられた言葉。その名が示す意味をギニアスは頭の中で反芻し、理解するのにわずかな時間を要した。

一瞬の沈黙の後、ギニアスは驚愕の声を上げる。

「カノープスだとぉぉぉ!!」

☆　☆　☆

なぜだろう。僕の心は暖かい光に包まれていた。

星屑獣を前にしても、心がざわつくことはない。

とても落ち着いているのが自分でもわかる。

身体が熱を帯びたように熱い。けれど頭は妙に冴え渡っていた。

試しに軽く地面を蹴ると、信じられないほど身体が前へと進んだ。

星屑獣が僕にむかって槍のような尾を振るう。

ぎゅっと星輝剣を握り締めると、力が流れ込んでくる感覚。

大丈夫だ、そのまま行け。星輝剣にそう言われている気がした。

刀身を前方に突き出して、僕は駆ける。迫る硬い結晶の尾にスッと刃が通り、根元付近まで真っ二つに斬り裂いた。なぜだかできる気がした。

咆哮を上げる星屑獣は、傷ついてなお大口を開けて僕を喰らおうとしてくる。

バクリ、と喰われた瞬間、僕は思い切り星輝剣を振るった。

爆発的な力の奔流が内部で荒れ狂い、星屑獣の胴体から上半分が消し飛んだ。さらには剝き出しの半身の奥で激しく命の輝きを放つ星核が、ミシリと音を立て、砕け散る。

「……リュート？」

呆然と僕を見つめるカリナの頭上に、砕け散った結晶がキラキラと降り注ぐ。

その光景を僕はぼんやり見つめながら――綺麗だな、そう思った。

僕の意識はそこで途切れた。

「確認できている被害状況は、全壊が十二棟、半壊が二十三棟。負傷者多数。どうにか死者が出ていないのが救いですね」

　書類を手にした男がなにやらギニアスに報告を上げている。

「落下予報のほうはどうなってやがる？　落下軌道を逸らせなかったのが一番の原因だろ」

「観測隊が必死に修正しています。あとで直々に謝罪に来るそうです」

「ちっ、謝らなくていいから二度とないようにしやがれ」

　彼らのやりとりを、そばに立つ僕は黙って聞いていた。

　あの後、気を失った僕が目を覚ましたのは救護テントの中だった。付き添っていたディンに簡単に状況を説明され、ひとまず現場にいた人間が詳細を報告する必要があると、今は救護テントを出て星屑獣が落ちた現場に戻っている。

　現場では星屑獣の生死の確認や、瓦礫の下敷きとなった人が取り残されていないかなど、事後処理に慌しく人が行き交っていた。

　結晶甲殻の砕けた星屑獣の残骸を眺めると、僕の脳裏に気を失う前の光景が蘇ってくる。

　幻じゃなかった。妄想なんかじゃなかった。

　僕が一人で、星屑獣を倒したんだ。

現在高揚した気分で直立している僕の隣にはディンとカリナがいて、そして目の前には第二特務隊の隊長、姉さんの跡を継いだあのギニアスがいた。

一通りの報告が終わったのか、男が立ち去るとギニアスは僕たちに向き直った。

「カリナ、散歩はもういいのか？」

「うん、楽しかった。それと……迷惑かけたみたいで、ごめんなさい」

ぺこりと頭を下げるカリナに、ギニアスは困ったようにこめかみの辺りを掻く。

「今度からは出かける前に一声かけてくれ。突然いなくなられると色々と困る」

「わかったわ」

話が終わると、ギニアスの視線が僕へと移った。

どうやら僕の順番が回ってきたようだ。

咄嗟に僕はぴしっと背筋を伸ばすが、

「んで、ディン。こいつはなんだ？」

なげやりに、くいっと顎で僕を指したギニアスは、ディンに尋ねた。

ギニアスは僕のことなど一瞬しか見ていなかった。てっきり歓迎されると思っていた僕は、そのぞんざいな態度に面食らってしまう。

ぽんと僕の肩に手を置いて、ディンは答えた。

「信じられないかもしれないがあの星屑獣を倒したのが、このリュートだ」

「僕を、ギニアスたちと一緒に戦わせて欲しい」

今度こそ、僕ははっきりと想いを伝える。

姉さんの跡を継いだこの人ならば、僕の気持ちをわかってくれる。なにより僕は、星輝剣を使って一人で星屑獣を倒してみせたのだ。星輝剣の使い手としての実力はすでに証明されている。拒まれるわけがない……はずだった。

「なんだこいつ。寝ぼけてるのか？　寝言は寝て言えよ」

ギニアスに鼻で笑われた。

なぜかギニアスは僕を相手にしようとしなかった。

冷めた眼差しを向けるギニアスを真っ直ぐに見据えて、僕は言う。

「僕は本気だ。本気で星屑獣を、戦って倒したいんだ」

「こっちは忙しいんだ。役立たずのガキは邪魔なだけだ。帰れ」

「少しは真面目に聞いてよ。あの星屑獣は僕が倒したんだ。役立たずなんかじゃない」

どうしてまともに取り合ってくれないのか。どうして僕を必要としないのか。

納得がいかず食い下がっているとギニアスは呆れたように嘆息し、眉間にしわの寄った顔を僕にむけた。

「じゃあお望みどおり真面目に話してやる。今回の街の被害は星屑獣によるものが半分、もう半分はてめぇが使った星輝剣による被害だ」

え？　思わず耳を疑った。

「……僕の、せい？」

「星屑獣の残骸のむこう側、あれは全部てめぇの仕業だ。死者が出なかったのは、運がよかったな」

促された視線の先には、スパッと直線的に切り崩されたような建物がいくつもあった。星輝剣による斬撃が、星屑獣を斬り裂きあそこまで貫通していたとでもいうのか……。

「星輝剣の製造には星屑獣の星核が使われている。いわば星屑獣の生命力をそのまま剣の形に封じ込めたような代物だ。だからその威力はバカにできねぇ。てめぇが使った『カノープス』は特にな」

「カノープス？」

「古式一等星輝剣カノープス。地上で造られた星輝剣だ」

「え？　地上で造られた星輝剣で星浮島に残ってるのは、二つしかないはずじゃ……」

かつて姉さんが愛用し、今はギニアスが使い手となっている『アルタイル』と、もう一つは第一特務隊の隊長が使っているもの。この二つの古式一等星輝剣とその使い手が星屑獣と戦う際の主戦力であると、訓練施設の講義では教わっていた。

「てめぇみたいなガキに遊び半分に振り回されたらたまったもんじゃねぇから、カノープスは存在自体が秘匿されてんだよ」

「そんなに凄い星輝剣だったんだ」

「ほざけ。使いこなせないなら迷惑なだけだ」

吐き捨てるようにギニアスは言った。

どうやらこれが僕を仲間に入れない理由らしい。

たしかに僕のせいで街に被害が出た。

それでも……誰も死んでいないじゃないか。

あの星屑獣を倒したのは、僕じゃないか。

「……慣れれば、使いこなしてみせるよ」

「慣れるもなにもカノープスはカリナの星輝剣だ。ガキは引っ込んでろ」

「別にいいわよ。リュートが使っても」

透徹とした声で話に割って入ったのはカリナだった。

驚いた顔でギニアスが彼女を見つめる。

「なにをバカなことを言ってやがる」

「だってカノープスがリュートに応えたのよ。カノープスもリュートを認めてる」

「カノープスをこいつに使わせて、お前はどうするんだよ」

「大丈夫よ。私はなにも問題ないから」

整然と答えるカリナを前に、ギニアスはこめかみに手を当て黙考する。やがて大きく嘆息したかと思うと、冷ややかに僕を指さした。

「問題は他にもある。こいつの模擬戦は見た。足手まといになるのが目に見えてる」

「カノープスを持った僕は、あの時よりもずっと強いよ」

「勘違いするな。足手まといってのは、弱いやつのことじゃない。覚悟のないやつのことだ」

「覚悟ならある！　僕は死ぬのなんて怖くない！」

正直、死ぬのは嫌だ。けど、なにも為せないまま生き続けるのはもっと嫌だ。死ぬより怖いのは、僕がなにも為さずに終わってしまうことだ。

力強く言い放つとギニアスの右手が伸びてきて、僕の胸倉を摑み上げた。

「死ぬのが怖くないなんてのは、一番タチが悪いんだよ。周りがフォローするために必死に駆けずり回っているのに気づきもしない。それにな、大切なのは命を賭けることじゃなく、なんのために命を賭けるかだ」

首が絞まって苦しかった。

もがきながらも、僕は声を絞り出す。

「僕は、ヒナを超える英雄になるために、たくさんの人を助けるために……」

「てめぇがカッコつけたいだけか？　なにもわかってないガキじゃねぇか」

「……こっちだってさ……好きでガキやってるんじゃないんだよぉ！」

怒りに任せて、僕は摑み上げるギニアスの手を強引に払いのけた。

さっきから好き勝手言って……この人も、なにもわかっちゃいない。

「そんな凄い星輝剣だなんて知らなかったんだ。はじめて使ったんだ。威力がどうとか、わかるわけがないじゃないか。なんのために命を賭けるかなんて急に聞かれても、どう答えるのが正しいのかなんてわかんないよ！」

姉さんの跡を継いだギニアスがこんなに嫌なやつだと思わなかった。

きつく睨みつける僕にむかって、ギニアスは冷淡な声音で言う。

「キレて喚き散らせばどうにかなると思ってるのか？」

「こうやって大声出さなきゃ、あんたら大人が聞いてすらくれないからだろ！」

「だったら早く大人になれ。少なくとも、すぐ感情的になって叫ぶのはガキのすることだ」

「うるさい！　三年前、ろくに守れず島一つ落とした役立たずの隊長のくせに！」

「んなっ⁉　てめぇ……」

途端にギニアスの表情がみるみる憤怒の色に染め上がり――直後に、僕の頬に強い衝撃が走った。

尻餅をついた僕が顔を上げると、拳を握ったディンが見下ろしていた。

「いくらなんでも言っていいことと悪いことがあるわな」

殴った拳をぷらぷらしながら、ディンはあっけらかんとした顔でギニアスに向き直る。

「ギニアス、こいつはしばらく俺に預けてくれないか？　隊に入れるかどうかは、もう少し様子を見てから判断してくれ」

「……好きにしろよ」

短く告げてギニアスは踵を返して去っていった。

じんじんと殴られた頬が痛む。

せっかく姉さんと同じ第二特務隊に入れると思ったのに、罵倒されて、殴られて、気分は最悪だった。

「リュート、大丈夫?」

座り込む僕の顔を、カリナが心配そうに覗き込んでくる。

脈打つような鈍痛が残っていたが、僕は平気な顔で答えた。

「大丈夫だよ……けど、ギニアスはちょっと嫌なやつだね」

「そう? ギニアスはいい人よ。いつもみんなのことを考えているわ」

「……僕は、みんなに含まれてるのかな?」

僕がいると周りが迷惑するから。ギニアスが気にかける『みんな』は第二特務隊や他の人たちのことで、僕の気持ちを汲んではくれない。

座り込んだまま悪態を吐いていると、ディンが手を差し伸べてきた。

「一応含まれてると思うぞ。お前は放っておくと早死にしそうだから、心配なんだよ」

「余計なお世話だよ。心配で、ディンは僕を殴ったの?」

「感謝しろよ。俺が殴らなかったら、もっとひどい目にあってたぞ」

「僕は事実を言っただけだ」

手を取らずに僕は自力で立ち上がる。

けれどディンはこれまでになく真剣な顔で、僕を見据えていた。

「みんな必死で戦ったんだ。あの戦いで犠牲になったやつもいる。お前は必死に戦ったみんなのことも、犠牲になったやつのことも侮辱したんだ」

言われてハッとした。ただギニアスに反論したかっただけで、他の人たちの頑張りを貶すつもりなんて微塵もなかった。じっと見つめるディンに、

「……ごめん、悪かったよ」

僕は素直に謝った。

必死に頑張ったのにわかってもらえない痛みは、僕もよく知っているから。

うつむく僕にディンは続ける。

「なによりあの戦いで一番悔しい想いをしたのはギニアスだ。古式一等星輝剣アルタイルの使い手としてヒナの跡を継いで、期待や重圧が全部あいつに圧し掛かっていた。あいつなりに必死にやったんだ。だが期待通りの戦果は挙げられず、仲間を失い、島も失った。あいつは今も、それを引きずって生きている」

「……それは違うよ」

思わず否定の言葉が口をついて出た。

「なんだって？」

訝るディンが露骨に眉根を寄せる。

みんなが必死に頑張っても上手くいかなかった、そのつらさはわかる。ギニアスの悔しさもわかる。

けど、これだけは違う。絶対に違うと言い切れる。

「一番悔しかったのは僕だ。誰よりも引きずっているのは僕だ」

三年前に空から降ってきた星屑獣を、倒すことも島から落とすこともできなかったギニアスたちは、島ごと地上に落下させた。あの頃世間はこぞってギニアスたちを責めたけれど、そのすべての声は僕の心にも深く突き刺さった。

ぎゅっと拳を握り締めて、僕は言う。

「ギニアスたちのしたことは仕方ないことだってわかっている。けど、何度も頭をよぎるんだ。もしも五年前、助かったのが僕じゃなくて姉さんだったら、あの島は落ちずに済んだんじゃないかって……」

誰がどれだけ後悔しようが、無力感に苛まれようが、僕の非じゃない。

いつだって去来する『あの日、もしも……』という思い。

考えても意味のないことだ。けれど考えないでいられるほど、僕は能天気には生きられなかった。

「ディン、カリナ、教えてよ。星輝剣の使い方、カノープスの使い方を。僕はもっと強くならなきゃいけないんだ」

誰かにすがっても、どれだけ否定されても、無謀だと笑われても、構わない。

僕は姉さん以上の星輝剣の使い手になりたい。

姉さん以上でなければ、僕が生きている意味はないのだから。

☆　☆　☆

瓦礫を蹴り飛ばすような足取りで、ギニアスは星屑獣が落下した現場を歩いていた。風が吹くと崩れた建物の細かな破片が舞いとび、ギニアスは顔をしかめる。

いくらか気になって調べていたのは星屑獣の残骸ではなく、その後ろ数十メルまで続いている鋭い斬撃の爪痕。リュートが振るった古式一等星輝剣カノープスによるもので、建物が崩れているその断面は、寒気がするほど一直線である。ギニアス自身、星輝剣でこれほどの威力が出せるかはあやしいものだった。

「ちっ」

苛立ち混じりにギニアスが舌打ちをすると、

「あれがヒナの弟かぁ。面白い子ね」

ひょっこりと瓦礫の陰から一人の女性が顔を出した。第二特務隊の隊員で医療担当のロゼだった。

「救護班の手伝いはもういいのか？」

「こっちはあらかた終わったわ。あ、殴られたあの子も看たほうがよかったかしら？」

「放っておけ。ああいうのは甘やかすとつけあがるぞ」

「真っ直ぐで元気ないい子じゃない」

さきほどのやりとりを見ていたのだろう。優しい笑みを浮かべるロゼに、ギニアスは吐き捨てるように言う。

「ただのガキだろ。ディンのやつ、カリナと一緒に余計なのまで拾ってきやがって」

「私でも拾ってきちゃうかも」

「なに？」

思わず眉間にしわを寄せるギニアス。不機嫌な視線を気にも留めず、ロゼは穏やかな表情で続ける。

「だって、似てるもの」

「……そういやヒナもあんな感じのうるさいやつだったな。けどヒナにはガキらしくない実力と周りを惹きつける不思議な魅力が——」

「違うわ。昔のあんたに似てるのよ。ヒナと張り合ってた頃のね」

予想外の言葉にギニアスはやや面食らったが、嘆息すると大袈裟に肩をすくめた。

「あんなガキと一緒にすんじゃねぇよ」

「でも面倒くさがりのディンが自分から預かるなんて珍しいでしょ」

「まぐれとはいえカノープスを使ったからな。だがあれはカリナのものだ。そしてここはガキのいていい場所じゃない。冷静な判断ができないやつは邪魔なだけだ。ここにあいつの居場所はねぇよ」

頑な態度を示すギニアスを、ロゼはまじまじ見ながら尋ねる。

「なに、もしかしてカリナが男を連れてきたから妬いてるの？」

「んなわけあるかよ。興味もねぇ」

「あらそう。私はあの二人の関係にちょっと興味あるから、様子見てこよ」

そう言って、ロゼは軽やかな足取りで去っていった。

一人残されたギニアスは、瓦礫の山を眺めながら彼女の言った言葉を思い出す。

「昔の……ガキの頃なんて、もう忘れちまったよ」

呟いた言葉は、風に乗って流されていった。

☆　☆　☆

高速飛行艇アクイラが停泊している星浮島外縁部の港。

少し歩けば僕らが踏みしめている陸地は途切れ、ゆったりと雲が流れている。港近くの大きく開けた場所に僕らは連れてこられた。おそらく使われなくなった資材置き場かなにかだろう。錆びの目立つコンテナがいくつか放置されている。

この場所に連れてこられたのは僕一人ではなく、レインもいた。僕の手には星輝剣カノープスが、レインの手には星輝剣ポラリスがそれぞれ握られている。

僕ら二人と対峙するディンが、顎髭を撫でながら挨拶をした。

「面倒なことにお前らの教育係をすることになった。まあよろしく頼む」

「カリナは？」

姿の見えない彼女について尋ねてみる。

「代わりの星輝剣を取りに行く、とか言ってたぞ」

「軍に余ってる星輝剣なんてあったの？」

「俺は知らんが、まあカリナなら自分でなんとかするだろ」

「なんだかカリナに悪いことしちゃったかな？」

「カノープスで戦うと、お前自身が決めたんだろ。負い目を感じるくらいならやめとけ」

「……わかってる。僕がカリナよりも使いこなせるようになればいいんだ」

意気込む僕を見て、ディンは小さく息を吐(は)いた。

「カリナは特別だ。あれは比べるようなもんじゃない」

「また？　僕が『姉さんを超(こ)える』って話したときと同じことを言わないでよ」

「いや、ヒナとはまるで違(ちが)うんだが……まあそれについてはいずれわかるか」

妙(みょう)に含(ふく)みを持った言い方だったけど、これまでも「やめておけ」とか「諦(あきら)めろ」とかさんざん言われてきた僕は気にもとめない。

諦(あきら)めなかったからこそ、今の僕があるのだから。

仕切り直すようにディンが手を叩(たた)いた。

「さて、俺は人にものを教えるのが苦手だ。だから基本的には一つのことしか教えない。いいか、よく聞け」

聞くところによると、ディンは星輝剣(スターライト)の使い手としてもう十年以上も星屑獣(ほしくずじゅう)と戦ってきたベテランで、実戦経験だけならギニアスよりも上らしい。第二特務隊で彼以上に戦場を知る者はいないそうで、ずぼらな性格を除けば後進の育成には適任だとか。

その性格が新人教育にはむいていない気もするけれど……ひとまず第二特務隊の新人である僕とレインを（僕はまだ仮入隊だけど）ディンが鍛(きた)えてくれるようだ。

彼の話を一言一句聞き逃さないよう、僕は耳を澄まし、

「生き残れ」

あまりに簡潔な言葉に拍子抜けした。

「どういうこと？」

「それだけですか？」

隣でレインも同様に眉をひそめているのだから、僕の理解力に問題があるわけではないだろう。首を傾げる僕たち二人に、ディンは説明し始める。

「星輝剣の使い手は星屑獣と戦わなきゃいけないわけだが、あくまで複数人で陣形を組んで適切に対処するものだ。誰も真っ向からぶつかれなんて言ってない。だがわかっていても使命感からか、星屑獣の気を引こうと突っ込みすぎるやつはいるもんだ。だから、戦場ではまず第一に自分が生き残ることだけを考えろ」

話を聞きながら顎に手を当て思案顔だったレインが、ふと質問をする。

「生き残ることを第一に考えるのなら、逃げることも視野に入れるべきですか？」

「当然だ。ヤバイと思ったら迷わず逃げろ」

断言されて、僕は思わず声を上げた。

「はあ？　僕らが戦わなくてどうするのさ」

「特務隊に配属される連中なんてみんなそう思っている。だから最初から逃げるやつはいない

さ。あくまでヤバくなったらだ。それにな、星輝剣の使い手ってのは星輝剣と同じくらい貴重なんだぞ。訓練施設を出たけど星輝剣の使い手になれなかった待機要員なんかもいるが、いきなり戦場に来ても役に立たないのが大半だからな。星屑獣と対峙してまともに動けるやつを育てるのも時間がかかる。だからお前らはまず、生き残ることだけを考えろ」

「僕は自分の命惜しさに逃げたりしないよ」

「こういうバカがいるから言ってるんだ。レインはわかるな?」

「はい。言いたいことはよくわかりました」

むっと口を尖らせる僕を置いて、ディンは続ける。

「星屑獣と戦いつつも、己の安全はしっかり確保しろ。まあその線引きが難しいわけだが、ここからは実際に試してみるか」

ディンが自分の星輝剣を目の高さまで持ち上げると、刀身が淡い光を放ち始める。

「星輝剣と同調している最中は感覚も研ぎ澄まされるだろ。戦いの中で、どこまでが余裕があって、どこからが自分の身が危ないのか、その見極めを肌で覚えろ」

ようやくここから本格的な指導だ。僕は意気揚々とカノープスに意識を集中する。同調するとずっしりと胸の奥まで摑まれるような感覚。熱を持った力が全身に流れ込んでくる。

隣で同じように星輝剣を構えたレインが尋ねる。

「それで、どっちから行きますか?」

「ん？　二人まとめてで問題ないぞ」

　こともなげに答えるディン。

「えっ……二人がかりで、いいんですか？」

「いいわけない。僕らが舐められてるんだから、さ！」

　躊躇するレインを置き去りに、僕は一気に地を駆けた。

　あっという間に間合いに入る。すでに同調しているディンはこちらの動きに普通に反応できるだろうが、あいにく僕が手にしている星輝剣は普通ではない。古式一等星輝剣カノープス。その力を見るいい機会だった。

　思い切り振り下ろしたカノープスを、ディンが受け止める。ひどく硬いものを叩いた感触だった。こちらから斬りかかったはずなのに、ぶつかった僕の星輝剣だけが大きく弾かれ、

「アホか、お前は」

　背筋を悪寒が走った。さきほどまでのだらりとしていたディンの雰囲気とはまるで違う、重厚な威圧感が僕に襲いかかる。

　咄嗟に仰け反る僕の首を、ディンが斬り落として――、

「………へ？」

　あまりの迫力に幻を見るほどの錯覚。刀身は僕の首の皮一枚のところで止まっていた。直後に僕の頭部が強い衝撃に見舞われる。今度は明確な痛みを伴い、僕は地面を転がった。

丸太のような太い脚で僕を蹴り飛ばしたディンは、呆れた顔で言う。

「二人でいいって言ってんだから、二人でこいよ。自分から優位を捨ててどうする。お前は星屑獣相手にするときも対等を気取って戦う気か。なにより焦って同調をおろそかにするな。星輝剣の力をまるで引き出せていないから、俺なんぞに受け止められるし危機察知の感覚も鈍いんだ。危険を感じた瞬間には避けないと――」

「つまり、こういうことですね」

話の途中でレインが側面から斬りかかる。

だがディンはひょいっと一歩下がって斬撃を避けると、星輝剣の柄をトンッとレインの腹部に押し当てた。次の瞬間、レインの身体が竜巻に巻き込まれたかのように、きりもみしながら吹っ飛んだ。派手な音を立てて彼女がコンテナに叩きつけられる。

ふらつく彼女に、ディンは「チッチッ」と人差し指を振ってみせた。

「誰かに気をとられている隙に、他の誰かが攻撃して再び気を逸らす。基本的にはそうだが、甘いな。せいぜい三十点だ。タイミングが遅すぎる。やるならリュートが弾かれた直後には斬りかかれ。でないとリュートかお前、どっちかはもう死んでるぞ。お前ら遠慮してんのか？もっと俺を真っ二つにする気でやれよ」

「そんな無茶な……」

呆気にとられるレインの顔に、いつもの自信は見られなかった。

その後、僕らは二人がかりでディンに挑むが、まるで子ども扱いされるように軽々とあしらわれてしまう。これが実戦経験の差なのか、根本的な星輝剣の扱いの差からくるものかはわからない。

とにかく僕らはまだまだ未熟だと思い知らされた。

「ハア、ハア。まさかここまで実力差があるなんて……これは、相当きついわね」

肩を大きく上下させながら、疲労の色が濃い顔でレインは呟く。

「ハア、ハア……僕は……まだまだ全然余裕だよ」

手にした星輝剣の輝きは弱々しいものだったが、レインより先に音を上げては僕が劣っていると認めてしまうようなものだ。仮入隊の僕は、なにより実力を認めさせなければならない。

歯を食いしばって顔を上げると、

「ほう。なかなかやるじゃないか」

感心したようにディンが呟く。

増幅した聴覚が僕の呟きを聞き取ったのだろう。好感触に心の中で僕がガッツポーズをしていると、

「初日なんで手加減してやったが、じゃあここからは遠慮はいらないな」

ニヤリとディンは嗜虐的な笑みを浮かべる。

レインの非難の視線が僕の横顔に突き刺さった。

それからしばらく、痛みを伴うディンのありがたい講義は、僕らが目を回して倒れるまで続けられた。


訓練が終わり、ようやく僕は高速飛行艇アクイラへと案内された。

けれど身体中あざだらけで動くたびに鈍い痛みが走り、あてがわれた自室に荷物を運び込むのが精一杯だった。とても船内を楽しむ余裕はない。

夕食時にミーティングがあるとのことなので、身体を引きずるように食堂へと向かうと、同じように壁にもたれながら歩くレインがいた。

僕に気づいたレインが壁から身体を離すが、その足元はふらついている。

「情けないところを見られたかしら？」

「さっきさんざん見たし……それに僕は訓練生のみんなと違ってレインのこと、敵わないとか才能が違うとか、特別に思ってないから気にしなくていいよ」

気を遣って言ったつもりだけど、それでもレインは再び壁にもたれようとはしなかった。

わずかに苦笑してレインは僕を見る。

「あんたのそういうところ、結構好きよ」

「……えっと、ありがとう？」

「別に他意はないわ。ただ周囲の声に染まらない、たしかな自分を持ってるあんたが嫌いじゃない、って言ったのよ」

それはわかってるよ。ただなんて返せばいいのかわからなかっただけだから。

フン、と顔を背けた拍子に「いたたた」と首を押さえる彼女を見据えながら僕は言う。

「周りと同じじゃ、埋もれちゃうからね。英雄にはなれない」

「そういうとこよ。あたしも、みんなが憧れるような強い女性を目指してるから」

もう十分強いと思うけれど、きっとそういうことではないんだろう。

レインが再び壁にもたれようとしないのも、単純に年下の僕の前で情けない姿を見せられないとかじゃない。たぶん誰の前でもそうだ。

訓練生のときも疲れていようが涼しい顔で「ふう、疲れた」とまだ余力を残しているような態度をとり、周りには常に余裕と自信に満ちた表情を見せていた。それは『ちやほやされたい』なんてちっぽけな理由じゃない。

おそらくそうしなければ、自分自身が納得できないから。

みんなが憧れるような強い女性、と言っていた。

きっとレインも、なりたい自分を目指して日々努力している。

以前から思っていたが、僕とレインは少しだけ似ているんだ。

「それで英雄を目指すあんたは、星屑獣と実際に戦ってみてどうだった？」

「それが……よく覚えてないんだ。だから次はちゃんと倒したいね」

　本当にあのときの記憶はおぼろげにしかない。自分が星輝剣カノープスを握って、あとは無我夢中だった。気がつけば救護テントの中にいたので、ディンに教えられなければ全部が夢だったと思い込んでしまっていたかもしれない。

　だから今度こそはっきりと、僕が星屑獣を倒す。

　そうすればきっとギニアスも認めてくれる。姉さんにも近づけるはずだ。

　決意を胸に抱く僕を、レインがじっと見つめていた。

「あんたは凄いわ。どれだけ否定されようと、自分を貫いて諦めずに前に進んで、こうして第二特務隊にも入れた」

「まだ仮入隊だけどね」

「そうだったわね……あたしも少なからず他とは違うと思ってたんだけど、さっきディンさんに思い知らされたわ。星屑獣と戦うにはあれくらいできなきゃダメなのよ。ここじゃあたしはまだまだで一人前ですらない、ってね」

「へえ、意外に弱気なんだ」

　口の端を上げて言う僕に、彼女は小さく首を横に振った。

「弱気というか、自分の現状に気づかされた、ってカンジね。あたしは未熟で、実力も経験も足りていない。訓練生の中で一番でも、そんなものに意味はなかったのよ」

「それで、星輝剣の使い手になったことを後悔してるとか？」

「まさか。この役目はやっぱり他の人間には任せられない。あらためてあたしがやらなきゃいけないと思ったわ」

疲労に足元がおぼつかなくても、レインの言葉の端々には自信と決意が滲み出ている。

やっぱり、僕とレインは少しだけ似ていると思った。

だから僕は思ったままを口にした。

「なんとなくだけどさ、レインは向いてると思うよ。星屑獣と戦うのとか、第二特務隊とか」

「仮入隊のあんたに言われてもね」

「いずれ英雄になる男に言われたんだよ」

僕らは決して仲良しではない。でもレインがいるから僕はもっと頑張れる気がする。

ふと思い立った僕は、レインを置いて先を歩いた。

するとレインが、スッと僕を追い抜いていく。

振り返ったレインと視線がぶつかり、彼女の頬に挑発的な笑みが浮かんだ。

言葉を交わさずとも、僕らには僕らの関係がある。

痛む身体に鞭打って、僕らは競うように食堂を目指した。

どちらが先にたどり着いたのか、よくわからないまま二人一緒に食堂のドアを開けた。

直後に破裂音が耳を突き、

「ようこそ、第二特務隊へ！」

眼前で紙吹雪が舞った。

食堂のイスに座った人たちが、僕らに向かって景気よく拍手や指笛などを鳴らす。ざっと見回して十五人くらいだろうか。カリナやディン、それに不機嫌そうな顔だがギニアスの姿も見えた。

目を白黒させる僕らに、煙をくゆらせる空のクラッカーをふりふり振りながら、栗色の髪をした女性が声をかけてきた。

「私はロゼ・シェリーアン。第二特務隊で医療と星屑獣の生態分析を担当してるわ。よろしく」

突然のことに「はあ……」「どうも……」と戸惑う僕らに、彼女は指でニイっと口の端を引いてみせた。

「もう少し笑顔を見せなさいよ。二人の歓迎会なんだから。はい、じゃあ二人とも自己紹介と、そうね……今後の抱負を聞かせてもらおうかな」

どうやら僕らを迎え入れる歓迎会だったらしい。僕はまだ正式な入隊ではないけれど……。

言うべきか悩んでいると、素早く状況を把握したレインが一歩前に出た。

「レイン・セラスリアです。皆さんの足を引っ張らないよう、早く一人前の戦力になれるよう頑張ります。よろしくお願いします」

慣れた様子で挨拶するレインに拍手が降り注ぐ。

小さく頭を下げる彼女について、ロゼが補足した。

「女の星輝剣の使い手だからって侮るなかれ、男子を押さえて訓練成績トップの逸材よ。送られてきた評価でも、冷静で的確な状況判断ができリーダーシップも兼ね備えている、って。期待の新人ってわけ。でもね、もう一人の新人も負けてないわよ。さあ、どうぞ！」

促された僕は室内を見渡してわずかに息を呑み、ゆっくりと口を開いた。

「リュートです。僕は……一人でも星屑獣を倒すよ。そして地上を取り戻す」

静かに、けれどはっきり抱負を言う。

拍手に混じって、いくつか失笑が漏れ聞こえた。

もう慣れた反応だけど、悔しいことには変わらない。

静かに拳を握りしめていると、ロゼが嫌な空気を払うようにパンパンと手を叩いた。

「はいはい、こっちも若いからってバカにしちゃダメよ。今日カノープスを使って星屑獣を倒したのはこの子なんだから。それになんとビックリ、この子はあのヒナの弟よ」

失笑がそのまま「おぉ～」といった感嘆の声に変わるが、僕は即座に言い放つ。

「姉さんは関係ない。みんなが胸に刻めばいいのは、僕の名前だ」

いくつもの視線が僕に突き刺さった。

正式な入隊も決まっていない若造が大口を叩いていると呆れているのか、生意気だと憤慨し

ているのか、そのすべてを受けて立つ気で僕が眼前を睥睨していると、

「かぁっこいい〜。『みんなが胸に刻めばいいのは、僕の名前だ！』やだ、惚れちゃいそう」

ふざけた調子で真似をしたのは、ロゼだった。

「バカにしないで――」

「それじゃあ新人二人を歓迎して、かんぱーい！」

「「かんぱーい！」」

僕の声を無視して乾杯の音頭が取られ、一気に弛緩していく空気になんだか気勢を削がれてしまった。

カラフルなテーブルクロスの上に、決して豪華とはいえないがそれでも様々な料理が載せられ、それぞれが好き勝手に食事や談笑を始める。初めての第二特務隊での食事は、思っていたよりずっと陽気な雰囲気だった。

緊張が緩むと途端に身体は空腹を訴えてきた。今日一日で様々なことがあり、まともに食事をしていなかったことを思い出す。

とにかく近くの皿から適当に料理をとって腹を満たしていると、

「は、はじめまして」

見知らぬ青年が僕の隣に腰掛けた。

整った顔立ちで僕より年上だろうが、大きく丸い瞳が人懐っこい印象を与える。柔らかい笑

みの中に緊張の色を滲ませて、彼は自己紹介をした。

「僕はグアルデ・モラウ。そそ、その、僕も星輝剣の使い手だから」

「あ、どうも」

人と話すのが苦手なのだろうか。僕も人との会話はあまり得意ではないが、グアルデはなんだか僕よりも緊張しているようで、その様子が逆に僕を落ち着かせてくれた。

「えっと……食べる？　美味しいよ」

自分の皿に確保しておいた料理を差し出すと、グアルデは申し訳なさそうに首を振った。

「いい、いいよ。キミが食べなよ。ディンとの訓練は疲れたでしょ。で、でも面倒くさがりなディンが目を掛けるってことは、期待の表れだから」

「そういえばディンは？」

「あっちでもう一人の新人に絡んでるよ。ラッキーだったね。酔っ払ったディンに絡まれると大変だから」

視線をやれば食堂の一画で、すでに顔を真っ赤に染めたディンと他数名の酔っぱらいたちが、歓迎のつもりかレインを前に次々と一発芸を繰り広げていた。ジュースを片手に表面上は笑顔で応じているレインだが、僕にはわかる。あれは彼女の引きつった笑みだ。

「なんだか、ずいぶん賑やかだ。星屑獣と戦う最前線って聞いてたから、もっと殺伐としてると思ってた」

和やかな雰囲気の感想を僕が告げると、グアルデは小さく頷く。

「星屑獣が落ちてきたら、緊張しっぱなしだから。よ、余裕のあるときくらいは緊張の糸は緩めないと。あ、あんまり張り詰めても疲れるだけだよ」

「それはもう少しリラックスして言わないと、説得力がないんじゃない？」

「え、そ、そうかな？」

「そうだよ」

きょとんとした表情のグアルデを見ていると、なんだか安心する自分がいた。

歴戦の星輝剣の使い手はもっと厳格な人や気性の激しい人を想像していたけれど、ディンやグアルデを見る限りそうでもないらしい。姉さんはちょっと変わっていたので、あまり当てにはならないし……。

ともあれ僕の警戒心が解けるのを感じてか、グアルデの緊張も和らいだみたいで気軽な調子で質問してきた。

「キミはすいぶん若いよね。いくつ？」

「十五歳だよ」

「うわぁ、その歳で……凄いね。ぼ、僕は二十二歳だけど、これでもキミたちが来るまでは、ここでは最年少だったんだ」

「そうなんだ。第二特務隊って、今は星輝剣の使い手、何人いるの？」

「えっと、キミたち新人を入れて五人……あ、カリナを入れれば六人、かな」

ギニアス、ディン、グアルデ、それにレインと僕が加わって五人。カリナを数に入れるか迷ったのは、おそらく星輝剣カノープスを現在僕が使っているからだろう。

「ってことは、僕とレインが来る前は四人だったの？　ずいぶん少ないんだね？」

「そうだけど……星輝剣の使い手は、どこの隊も不足してるよ。そ、それにほら、ここには古式一等星輝剣が二つもあるから。戦力としては、どこよりも充実してる、と思うけど」

「そうそう、その話が聞きたかった！」

突然会話に割り込んできたのは、銀縁の眼鏡に無精髭を生やした男性だった。

「え、だれ？」

「この人はクロップ。整備担当の、ち、ちょっと面倒な人」

首を傾げる僕に、グアルデが小声で囁く。

その間にもクロップは、僕の隣に腰を下ろしながら、ずいっと顔を寄せてきた。

「キミがリュート君だね。ふむふむ、もっとゴツイ男をイメージしてたけど、思ったよりも普通だな。それで、カノープスを使ってみた感想は、どうだった？」

「どうって……無我夢中で、よくわからなかったです」

グアルデとは反対に、距離感の近さに戸惑いながら僕が答えると、クロップは腕を組んで残念そうな声を上げた。

「うーん、そうかぁ。まあ最初は仕方ないかなぁ。機会はこれからいくらでもあるんだし」

「あの、カノープスって、他に誰も使えないの？」

「カノープスは今までカリナしか扱えなかった特別な星輝剣だからね。そもそも古式一等星輝剣はまともに同調できる人すら限られるんだよ。ギニアスの使うアルタイルも、ギニアスとヒナ以外に同調できた人を僕は知らないし。そのギニアスにもカノープスは反応を示さなかった――」

「じゃあヒナは、カノープスを扱えたの？」

「ヒナがカノープスを扱った、って記録は残ってないよ。僕が直接確認したわけじゃないから、実際のところはわからないけどね。ヒナと面識があるのは、ここじゃギニアスとロゼとディンだけじゃないかな。あとは五年前とは人もずいぶん変わってるはずだし」

「そうなんだ。ヒナでもできなかった……」

ぼそりと呟いた言葉を僕はそっと噛み締めた。

もちろん姉さんはすでに古式一等星輝剣アルタイルを愛用していたので、カノープスを扱おうとどこまで本気だったかはわからない。それでも、姉さんにできなかったことが僕にはできた。そのことが、なにより嬉しかった。

高揚する僕に、クロップは言う。

「まあ同調はコツや技術というよりも、相性だと僕は思うけどね」

「そういう話も聞くけど、じゃあ星輝剣との相性ってどうやって決まるの？」

「食べ物の好き嫌いみたいなもの、っていう説もある」

「好き嫌い？　食べ物の？」

「こ、この手のクロップの話は長いし、よくわからないから気をつけて」

頭の上に疑問符を浮かべる僕の耳元でグアルデがそっと囁いた。

そんな様子を気にせず、グアルデが語り始める。

「そう、仮説だけど星輝剣っていうのは、使い手が持つ魂の輝きを喰ってその力を発揮すると言われている。星核は星屑獣の核、いわば生命力の源だからね。星核自体に、より強く輝きたいという欲望があるんじゃないかな。だから人の魂の輝きを喰ってより輝こうとする。でも人間だって食べ物に好き嫌いはあるだろ。好きなものを食べれば元気になるし、嫌いなものは食べたくもない。だれだって美味しいものを食べたいさ。だから星輝剣の使い手は星核にとってより魅力的な人間でなきゃ――」

「はいはーい。つまんない話してないの」

背後から声を掛けられ振り返ると、お酒を飲んでいるのだろうか、わずかに頰を赤く染めたロゼと、彼女に腕を引かれるようにしてカリナが立っていた。

話を遮られたクロップは不満そうに口を尖らせる。

「なんだよ。ロゼだって星屑獣生態の専門家として星核の持つ魅力について興味あるだろ」

「私にとってはそれが全てじゃないの。興味があることは他にもいっぱい。たとえば、思春期真っ盛りの男女の話、とかね」

そう言って腕を組んだカリナとともに、強引に僕とクロップの間にイスをねじ込んできたロゼは面白そうに尋ねてきた。

「ねえねえ。あなた、カリナとはいったいどういう関係なの？」

言われて僕は首を捻る。

僕にとってカリナは、偶然出会った知り合いで、星輝剣の扱いを教えてくれた人で、第二特務隊の先輩である。そもそも昨晩会ったばかりの僕らの関係に、名前もなにもない気がした。

ふとカリナを見ると、彼女も僕を見ていた。割り込ませたイスにロゼと二人で無理やり座っているせいで、カリナと僕の隙間はほとんどない。

僕を見るカリナの顔が近くて、なんだかどぎまぎしてしまう。

「どうって……特に、なにも……」

「なにもないわけないでしょ。カリナが連れてきたんだから。そういえば、カリナと一晩一緒にいたんでしょ。なにしてたの？」

「えっと……丘の上の慰霊碑の前で、星輝剣の扱いをカリナに見てもらって……気づいたら朝になってた、かな」

「え、それだけ？」

「……それだけ、だけど」

「手を繋いだり、キスしたりは？」

「な、ないよ。そんなの」

手を繋いだような気もするけど、あれはロゼの期待するようなものではないだろう。

僕の答えにロゼはつまらなさそうに嘆息し、矛先を変えた。

「わかったわ。じゃあ、カリナに質問」

「なに？」

くるりとカリナがロゼのほうを向き、ようやく僕は人心地つけた気がした。

「ずばりカリナは、恋人にするならグアルデとこの新人の子どっち？」

「……よくわからないわ」

僕から表情は見えないが、カリナが首を傾げているのはわかった。

「ならどっちがタイプ？」

「……タイプ？」

「どっちがイケメンかってことよ」

「……よくわからないわ」

やはりカリナは首を傾げていた。

「つまんないわねぇ。でもこの子には、惹かれるものがあったんでしょ？」

「そうよ。リュートは見ていて面白いわ」

今までと違う反応に、ロゼが前のめりに尋ねる。

「へえ、たとえばどんなところ？」

「ええっと……」

返事に窮したカリナが振り返り、再び僕と顔を見合わせた。

ぼんやりと僕を見つめるカリナ。

なぜだか顔が熱くなってしまう。

彼女の答えを、僕も息を呑んで見守った。

やがてカリナは真面目な顔で、小さく息を吸い込み、

「みんなが胸に刻めばいいのは、僕の名前だ？」

周囲がどっと笑いに包まれた。


「さてお前ら、親睦会はこのくらいにして真面目な話を始めるぞ」

食事と談笑が一段落したところでギニアスが切り出した。それだけで和やかな空気が一瞬でピリッと引き締まったのがわかり、何事かと僕が眉をひそめていると、

「新人以外は聞いてると思うが、もう一度今回の作戦の概要を説明するぞ。四日後に特大級の星屑獣が落ちてくる」

「え？」

あまりにさらりと告げられた。

聞き間違いかと思わず周りを見るが、誰も動揺している様子はない。戸惑う僕を待たずにギニアスは先を続ける。

「観測隊から最新のものがあがってきた。ロゼ、頼む」

食堂の大きなボードに、拡大された数枚の写真が張られる。画質はだいぶ粗く、全体的にぼやけていた。それでも黒い背景に白い点が弾けたような無数の輝きがあるのはわかる。その中で一際大きな輝きをロゼが指差した。

「この光っているのが今回の特大級の星屑獣。見てわかるとおり、この特大級を中心に周りにも大小かなりの数の星屑獣がいるわ。それもどうやら一緒に移動している。おそらく群生しているのでしょうね。さしずめ星屑獣群といったところかしら。今日落ちてきたのも、この群れから外れた一体よ」

星屑獣の専門家らしくロゼが説明する隣で、ギニアスは呆れるように言った。

「今日の星屑獣は、この中心にいる特大級の星屑獣の輝きに気をとられて、小さい光を観測隊が見落としたらしい。アホか」

「ちょっと待って。今日の星屑獣が小さい光って……あれよりヤバイのが落ちてくるの？」

思わず僕は声をあげた。今日落ちてきた星屑獣もかなりの輝きを有していたはずだ。あれより輝きが強いとなると……。

　顔色一つ変えずにギニアスは答える。

「そういうことだ。おそらく中心の星屑獣の輝きはマグニチュード【－】クラス。三年前の、あの星屑獣とほぼ同じ輝きの強さだそうだ」

　星屑獣の強さを表すマグニチュードが、0より下のマイナス……。

　ギニアスがどの星屑獣を指しているかは明白だった。ギニアスが倒せず、島ごと地上に落とすことになった、あの災害級の星屑獣と同じ危険度だということだ。

「観測隊やら専門家やらが協議した結果、周りの星屑獣はまだしも中心にいる【－】クラスの星屑獣は砲撃による軌道修正は無理だという判断だ。だからこいつは確実に星浮島に落ちてくる。そこで俺たちの出番だ。落ちてきた【－】クラスの星屑獣を俺たちで倒せとさ」

　それが今回、第二特務隊に与えられた命令だった。

　すっと手を挙げたレインが発言する。

「外縁部まで誘導して、そこから砲撃の衝撃で地上に落とすのは？」

「同じだ。誘導したところで、このサイズの星屑獣を落とすだけの火力が足りないんだろ。それとこいつが多少なりとも飛行能力を有していた場合に、他の星浮島に飛び移られたらたまったもんじゃない。だから外縁部への誘導はしない。俺たちが戦う意味、わかるな。星屑獣の落ちてきた場所、そこが戦場だ」

島の上で、確実に星屑獣を倒せということだ。

かつてギニアスが倒せなかったほどの【－】クラスの星屑獣。

姉さんならば、倒せただろうか……。

考えても意味はない。島への落下が防げないのならば、戦うしかないのだから。それに僕が、ギニアスや姉さんを超えるためには【－】クラスの星屑獣だろうと、いずれは倒さなければいけないのだ。

「この作戦のために星輝剣の使い手も補充した。使い物になるかはわからねぇが。ごちゃごちゃ文句を言っても始まらねぇ。そこでだ」

話を区切ったギニアスの視線が、僕とレインを交互に見た。

引き継ぐようにロゼが再び写真を指差す。

「この星屑獣群なんだけど、今日落ちてきたのは例外ではなく、どうやら移動速度にバラつきがあるみたい。だからこれからも何体か、中心の星屑獣に先んじて落ちてくる予測ね。この星屑獣群にとっての先遣隊？　みたいなものかもしれないわ。あいつらにそんな知性があるかわからないけど」

「こいつら自体はたいした大きさじゃない。砲撃で軌道を逸らして地上に落として終わりだ。ただし三日後に落ちてくるうちの一体、こいつはあえて落下軌道を逸らさず島の上に落ちてもらい、俺らで対処する」

「……え、それって？」

　目を見開く僕の顔を、ギニアスがじっと見据える。

「三日後、東部第24星浮島で星屑獣と戦ってもらう。農業用に開拓予定でまだ人のいない小さな星浮島だ。そこで実戦でまともに連携がとれるか、新人の最終テストをやる」

「たった三日？」

「星屑獣は待っちゃくれないんだ。できるかどうかを問う気はねぇ。三日でできるようになれ。できなきゃ次の作戦は抜けてもらう」

　淡々とギニアスは言う。

　僕は口元に不敵な笑みを浮かべて答えた。

「やってみせるさ。そもそも連携なんてなくても、僕は一度星屑獣を倒してるしね」

「それよりずっとヤバイのが相手だから、連携が必要だって話だ。わかれよガキが。それともそうやって虚勢を張ってないと震えちまうくらい怖いのか？」

「僕はいずれ姉さんを超える英雄になるんだ。これくらいで怖気づいたりしない」

　言い返すと、ギニアスは鬱陶しそうに視線を動かす。

「レインは？」

「あたしも、問題ないです」

「決まりだな。いいかお前ら、足手まといだと思ったら容赦なく切り捨てるぞ」

すかさず僕は口を開く。

「なら僕が戦えると思ったら、正式に入隊を認めてよね」

「……いいだろう。まともに戦えると思ったらな」

胸の奥で、静かな火が灯るのを感じた。

僕にとって試されるのは、これからこの場所でやっていけるか、それだけじゃない。これは僕が、姉さんを超える英雄を目指すことができるのか、それを証明するまたとない機会だ。

ギニアスが鋭い視線でこちらを見ていたが、僕は意地でも目を逸らさなかった。


ミーティングを兼ねた夕食が終わり、僕はアクイラの甲板に出ていた。

ときおり吹く夜風が肌を撫でていく。

疲れているのに、眠くなかった。

今日一日で色々なことがあったから、興奮がまだ醒めないのだろう。

なかでも星輝剣を使って、星屑獣を倒したという事実。

姉さんを目指してがむしゃらに生きてきた僕に、ようやく希望の光が見えた気がした。

ひんやりとした風が、熱を持った身体に心地好い。かつて姉さんもこうしてアクイラの甲板で夜風に当たっていたのだろうか。

「なにしてるの？」

ふいに声をかけられ振り返ると、薄闇の中にカリナが立っていた。

「ん、ただ夜風が気持ちいいなって。そっちはなにしに来たの？」

「私も同じ。風が気持ちよさそうだったから」

同じ場所で、相手が同じように感じている。

ただそれだけのことが、不思議と嬉しかった。

昼間と違いカリナは薄手の格好で、短い袖から覗く真っ白い肌は月明かりを反射して輝いているようにさえ見えた。

そっと彼女が風になびく髪をかきあげる。

その仕草も綺麗だな、と僕は思った。

けれどすぐに見惚れていた自分に気づく。なにか喋ったほうがいいとは思ったけど、なにを喋ればいいかわからない。

もどかしい沈黙に、カリナが先に口を開いた。

「リュートはこういうとき、なにを考えてるの？」

できるだけ平静を装いながら、僕は答える。

「えっと、なにを考えてると言われても……しいて言えば、こういうときなにを喋ればいいか、考えてる。苦手なんだ」

「私が？」

「人と喋るのが、だよ。カリナが苦手とか、そんなわけない」

昔から世間話なんかをするのは苦手だった。小さい頃の僕はいつも姉さんの後ろに隠れていたし、今ではみんなが僕越しに姉さんを見ている気がして、あまりいい気分ではなかったから。

「私も苦手だと思う。人と話すの」

僕を見ながら、カリナは「それでも」と穏やかな表情を浮かべて言う。

「いっぱい話してみたいな」

「……僕も、同じかな」

少なくとも、僕はカリナともっとたくさん話をしたい。けれどそれを彼女に直接言うのは、なんだか気恥ずかしかった。

再び言葉を探しあぐねる僕より先にカリナが口を開く。

「じゃあ聞かせて。リュートのこと」

「僕のことって、なにを話せばいいのかな？」

「うーん……リュートがよく口にする、お姉さんのこととか？」

「……え」

思わずまじまじとカリナの顔を見つめてしまう。

姉さんのことを聞かれたはずなのに、不思議と嫌な感じはしなかった。

それはたぶん、カリナが本当に知りたいのは姉さんのことではなく、姉さんを通して僕のことを知りたいと思ってくれているからだ。

「わかった。少し長くなるけど、聞いてくれるかな」

コクリとカリナは小さく頷いた。

あの日のことを思い出す。

忘れたくても忘れられない、姉さんのこと。

ゆっくりと嚙み締めるように僕は話し始めた。

××

五年前。

その日、僕らは姉さんの仕事の休みを利用し、湖がある珍しい東部第7星浮島を二人で観光した。

島と島との行き来は基本的に飛行艇の定期便が出ており、帰りの飛行艇を待つため僕らは外縁部に位置する港にいた。港には僕らのほかにも家族連れや恋人たちが大勢いて、彼らは風に髪をなびかせながら夕暮れに染まる空を笑顔で眺めていた。

みんな幸せそうだった。

けれどそれは、なんの前触れもなくやってきた。

空を裂いて、突然、巨大な塊が落ちてきたのだ。

衝撃に星浮島全体が揺さぶられる。

まともに立っていられず体勢を崩す僕の腕を姉さんがとって支えてくれた。

ほっとしたのもつかの間、顔を上げた僕の目の前にそれはいた。

思わず見惚れるほどの虹色の輝きを放つ結晶の塊が殻を開くように動き出す。背中からは四枚の羽のようなものが生えていて、巨大な多脚は落下の衝撃で地面を深く抉り、周囲の建物を軒並みひしゃげさせたそいつは首を伸ばし、風格すら漂わせて悠然と辺りを見回していた。

この世のありとあらゆる宝石が寄り集まって命を受けて輝きを放っているような獣の姿。

空から襲いくる脅威。星浮島で生活する誰もがその存在を知っている。

星屑獣だ。

初めて至近で見る星屑獣の圧倒的な存在感は、己の無力を思い知るには十分だった。額にびっしょり汗を掻き、僕は何度も唾を飲み込んだ。生温い風に平穏を満喫していた僕らは一瞬で恐怖に支配され、悲鳴があちこちで上がった。

「みなさん、落ち着いて！　飛行艇に避難を――」

港にいた飛行艇の乗組員が必死に叫んでいたがこの状況で落ち着いて行動できるはずもなく、皆が一目散に星屑獣から逃げようと、押し合いながら飛行艇の舷梯に詰めかけていた。

悲鳴や怒声が飛び交う中、

「ったく、観測隊のミスか？　たまの休みだってんだから、少しは遠慮しなさいよ」

僕の姉――ヒナ・ロックハートが舞い降りた。

「リュート、そこを動くなよ」

そう僕に言いつけて、姉さんはいつの間に手にしたのか握った星輝剣アルタイルを構える。

ぼんやり淡い光を刀身が放ちだしたかと思うと、閃光が駆け抜けた。

直後に星屑獣が耳障りな咆哮を上げた。多脚の一つが切断されたのだ。

星屑獣の体軀がわずかに沈む。動転した星屑獣は脚を持ち上げ乱暴に振り回すが、その爪を搔い潜って回りこむと姉さんは背中の羽を斬り落としていた。

星屑獣は頭を振っていくつもの複眼で姉さんを捉えようとするが、追いつかない。鋭利な爪で姉さんを突き刺そうとするが、届かない。幾筋もの閃光を走らせて、星屑獣の硬い結晶甲殻を貫き、切り裂いて、姉さんは告げる。

「バイバイ」

むき出しになった一際輝きの強い部位に姉さんが星輝剣を突き刺すと、星屑獣の放つ光はみるみる衰え、やがて光を失い動かなくなった。

あっという間のできごとだった。

姉さんが星屑獣を相手にする仕事をしているのは知っていたが、実際に戦う姿を見たのはこのときが初めてだった。

砕け散った星屑獣の結晶甲殻が風で舞いキラキラと宝石のように煌めく中、ふわりと髪をなびかせる姉さんはまるで天女のようだった。

阿鼻叫喚は一転して、歓喜の声が姉さんを包み込む。

喝采に手を振って応えながら姉さんが僕のもとに戻ってきた。

「リュート、大丈夫？　とんだ災難だったね」

「……ね、姉さんは、怖くないの？」

姉さんに対する感謝でも身体の心配でもない。真っ先に僕の口をついて出たのは、疑問の言葉だった。

「ん？　そうだね……怖くないっちゃ嘘になるけど、もう慣れたしねぇ」

「そう、なんだ。最初から、あれに勝てると思ったから……」

ぶつぶつと呟く僕を、姉さんは「ハッ」と小さく笑い飛ばした。

「よく聞きなさい。あたしが戦う理由に、勝てるかどうかは関係ないんだよ。あたしは勝たなきゃいけないから、戦うのさ！」

どこまでも真っ直ぐな瞳が僕を射抜く。

胸を張って佇む姉さんは太陽みたいに眩しかった。

ぐらっ――。

ふいに足元が揺れて僕はたたらを踏んだ。島全体が風に煽られるように揺れている。

「……高度が、下がってる？」

異変に気づいた姉さんが港の管理棟へと駆け込み僕もその後ろに続くと、建物内は騒然となっていた。

「どうなってるの！」

慌ただしく駆け回るうちの一人に姉さんが尋ねると、怒鳴るような声が返ってきた。

「こっちだってわかんねぇよ！　ただこの東部第7星浮島はもともと水平浮遊値が不安定だったから、さっきの星屑獣の落下で島全体を浮かせていたバランスが崩れたのかもしれねぇ。おい、停泊してる飛行艇全部に通達しろ。可能な限り人を乗せたら速やかに島を離れるんだ！」

「ちょっと、まだ島の中心部には人がいっぱい残ってるでしょ！」

「間に合わねぇよ！　そいつら待ってたら救難高度を下回って、島ごと落ちるぞ」

星浮島が、落ちる。

事態は一刻の猶予もないと頭の中で警鐘が鳴り響く。

早く飛行艇で逃げなくちゃ……。

震える手で姉さんの袖を引くが、姉さんは微動だにしなかった。

「島と飛行艇を繋ぐ係留用のアンカー、使わせてもらうわよ」

「あ？　なんだって？」

「高度の下がり方からして、この島は完全に浮力を失ったわけじゃない。近くの星浮島と繋げばたぶん落下は止められるでしょ。その間に島を安定させるなり、全員避難させるなりすればいい」

「アンカーを投げて近くの星浮島に繋ぐなんて無理だ！　一番近い星浮島でも五百メルは離れてるんだぞ。届きっこない。ましてや今この島は落ちてるんだぞ！」

「だからって島に残された人を見捨てていい理由にはならないでしょうが！」

まだなにか言いたげな男を無視して姉さんは外へ出て行く。慌てて僕が追いかけると、港は再び混乱する人々が飛行艇で避難しようと溢れかえっていた。

人波とは反対側、飛行艇の泊まっていない係留場所で姉さんは空を見上げていた。

「姉さん、なにをする気？」

「聞いてたでしょ。飛行艇じゃ島にいる人全員を避難させられない。島の落下を止めないと」

「そんな、無茶だよ……こんなに大きい島の落下を止めるなんて……」

状況は絶望的だと、子どもの僕でもわかってしまう。

どうしようもないほどの不安にぎゅっと胸が締め付けられて、かすれた声が口から漏れ出た。

「もう諦めよう……僕らも早く飛行艇に乗らないと」

「諦めるのはまだ早いわ」

「逃げよう。なんで姉さんがそこまで……。だって、無理でしょ。もうこの島は、このまま落ちるしかないのに……」

「たしかに島の落下はもう止まらないかもしれない。あたしがどんなにあがいたところで無意味に終わっちゃうかもしれない」

「だったら早く逃げ――」

「い、いや、それでも、よ」

すがる僕を真っ直ぐ見据えて、姉さんは毅然と言い放つ。

「やる前から『きっとできない』って他人に決めつけられて動かないなんて、あたしはそんなの認めない。できるかどうかは、あたしが決める。流されるだけの生き方なんてまっぴら御免さ！」

不敵な笑みを浮かべる姉さんはふいに腕を伸ばすと、そっと僕の頭に手をのせて、

「リュートも自分の生き方は自分で決めればいい。他人になにか言われたって『それでもだ』って笑って突っぱねてやりな」

「姉さん……」

「いつだって自分の中にある、輝く想いを信じるんだ」

僕の頭の中で固まった不安を取り除くように、ぐしゃぐしゃと優しく掻き回してくれた。

とても温かく、柔らかな手だった。

「さあ、弟が見てるんだ。あたしのやることがまったくの無意味でした、じゃあ格好つかないでしょうが」

港の縁に立った姉さんは星輝剣の柄と飛行艇係留のためのアンカーをロープで結び、

「いくよ、星輝剣アルタイル！　あたしの魂の輝きに、応えてみせろぉぉ！」

まるで小さな太陽が生まれたかのように強烈な光を放つ星輝剣を、姉さんは頭上に向かって投げ放った。

一筋の閃光が、空を切り裂く矢のように一直線に伸びていく。

わずかに遅れてグンと星浮島が傾いた。

信じられないことに姉さんが投げた星輝剣に引っ張られるようにして、星浮島の高度が上昇していくのだ。

「す、すごい……」

港の端から身を乗り出して、思わず僕は感嘆の声を漏らした。

光に導かれるように星浮島が空を飛翔している。

「そんな縁に立ってたら危ないわよ」

「平気だよ。見て、空が流れて――っ⁉」

一瞬の出来事だった。

突風に煽られた僕の身体が傾く。

不自然な浮遊感に全身が包まれ、一気に血の気が引いていく。

同時に港の端から姉さんが跳んでいた。

空中で姉さんの温かい手が僕の腕を摑み、

「リュート、強い男になりなさい」

ぐいっと引っ張られるようにして、落下するはずだった僕の身体は星浮島の外縁部に投げ飛ばされた。

姉さんの身体と、入れ代わるように……。

慌てて島の縁から顔を出した僕の目に映った姉さんの影が、どんどん小さくなっていく。

どれだけ手を伸ばしても、もう届かない。天を仰いで落下する姉さんは僕と目が合うと微笑を浮かべ、その姿はあっという間に見えなくなった。

——その後、姉さんの放った星輝剣は見事に近くの星浮島に突き刺さった。救助された僕らは奇跡の生還だとか世間で騒がれた。

けれど僕にとってあの日の出来事は、たった一人の姉さんを失った、それがすべてだった。

あの日の姉さんの輝きを、僕は一生忘れない。

×　×　×

僕を助けて、姉さんは星浮島から落ちたのだ。

だけど表向きの発表では、姉さんは星屑獣を道連れに落ちたことになっている。まだ幼かった僕に世間の批判が集まらないようにした配慮だった。

話し終えると手の平にじんわりと汗がにじんでいた。

空の上で生きる意味と、自分の情けなさを思い知った出来事だった。頭の中にこびりついた後悔は、いくら時が経っても消え去ることはない。

そして島一つ救った姉さんのこの功績が、その二年後に星屑獣を倒せず島一つ落としたギニアスに批判が殺到した要因になっていたのは間違いないだろう。

ヒナさえいれば……。あの頃何度も聞こえた声は、今も僕の心を抉ったままだ。

ぐっと唇を噛みしめていると、黙って話を聞いていたカリナがゆっくり口を開いた。

「凄い人だったんだね。リュートのお姉さんは」

「凄い人だったんだよ。古式一等星輝剣アルタイルの使い手で、英雄と呼ばれて……だから姉さんに生かしてもらった僕は、姉さん以上の凄い人にならなきゃいけないんだ」

今の僕は『英雄ヒナの弟』だ。凄いのは姉さんで、僕じゃない。何者でもない僕がこの肩書きを変えるには、姉さんを超えるしかない。英雄ヒナを超えるしか……。

だから僕は、星屑獣を倒して地上を取り戻す。

みんなが僕のことを信じてくれなくても構わない。

だってあの日姉さんが僕に見せた姿は、僕にくれた言葉は、全部真実だから。

今も姉さんが、僕の背中を押してくれている気がするんだ。

「なれるわ。だってリュートは、カノープスを扱えるんだもの」

ふんわりとした微笑をカリナが浮かべる。

みんなじゃなかった。たった一人だけ、僕のことを信じてくれる人がいる。

それだけで前よりずっと力がみなぎってくる。

高揚して火照る僕に、カリナは尋ねてきた。

「カノープスはどう？」

「さっきまでディンにいいようにやられたよ。けどカノープスがどうとかじゃなくて、たぶん僕に原因があるんだろうね。実戦なら上手くできる、と思うんだ……よく覚えてないけど、昼間はできたんだから……」

「大事に使ってあげてね」

頼んでくる彼女の青い瞳に、少しだけ胸が痛む。

今まで僕は、星輝剣が欲しくてたまらなかった。そのための努力をしてきたし、そのためならなんだってする覚悟だった。しかし彼女から譲り受けるのはなんだか申し訳なくて、僕は小さく頭を下げた。

「ごめん。本当はカリナの星輝剣なのに……」

「別にいいよ。カノープスと同調できた人、はじめて見たから」

自分以外で、という意味だろう。

念を押すようにカリナは言う。

「きっとカノープスがリュートを選んだの。ちゃんとカノープスの声を聞いてあげるんだよ」

「星輝剣の声……難しいな」

「でも、昼間はできてたでしょ？」

「うーん、なんでできたんだろ」

「前にも言ったでしょ。星輝剣の声を聞いて、星核と一つになるイメージ。こんなふうに」

唐突に、彼女の手元で淡い光が生まれる。

「それって……」

刀身の細さと辺りの暗さで今まで気づかなかった。カリナが手にしていたのは、姉さんの慰霊碑に置いてあった、あの装飾用の星輝剣だった。僕がディンと訓練している間に慰霊碑のある丘から取ってきたのだろう。

悪びれもせずカリナは言う。

「私はこの子を使わせてもらうことにしたから。だから気にしないで」

「そりゃあ、なにもないよりはあった方がいいだろうけど……勝手に持ってきていいの？」

「ダメだったかな？」

逆に問い返された僕は、ふと考えてみる。

姉さんならなんて言うだろうか……。

「いや……使ってあげたほうが姉さんもその星輝剣も喜びそうだ」

「うん、この子もそう言ってるよ」

彼女が明るい光を小さく振ると、なんだか星輝剣が本当に喜んでいるように見えて、僕は笑った。

「カリナに出会えてよかったよ」

自然と思った言葉が口から出た。

きょとんとする彼女に伝わるように、ありったけの感謝を込めて言う。

「僕はさ、ずっと何者にもなれなくて……努力はしていたつもりだけど、それが正しいのかもよくわからなくて……でも、カリナのおかげでいろいろ変わったんだ。星輝剣の使い手になれた。星屑獣も倒せた。第二特務隊にも入れた」

「まだ仮入隊じゃなかった？」

「そうだけど……。それに、姉さんを目指してもいいんだって、勇気をもらえた」

頑張っている僕を認めてくれた。

やっぱりそのことが、一番大きいと思う。

「……よくわからないわ。頑張ったのはリュートでしょ？」

「でもきっかけをくれたのはカリナだ」

真剣に見つめる僕の眼差しになにかを感じ取ってくれたのか、カリナはパチパチと瞬きをした後、

「そうなんだ……私も、リュートに出会えてよかったわ」

ふっと優しい笑みを浮かべた。

そう言ってもらえるのは、素直に嬉しかった。

けれど彼女はどうして僕に出会えてよかったと思えるのだろう。

聞いてみたいけれど、彼女の笑顔を見ていたら今はどうでもいい気がしてきた。

僕はカリナにいっぱいもらったけど、まだなにも返せていない。少しずつでもいい。この恩をちゃんと返して、いつか彼女をもっと笑顔にできればいいと、そう思った。


次の日から、第二特務隊の一員として来る星屑獣との戦いに向けて訓練が始まった。

もっとも星輝剣の使い手といえど訓練だけしていればいいわけではなく、

「ねぇ、リュート。あの子のことだけど」

隣で加工食品が詰まった箱を三つ抱えて歩くレインが、おもむろに口を開いた。

訓練以外の時間、僕らは高速飛行艇アクイラの整備班や医療班の手伝いを命じられている。しかし新人のレインや仮入隊の僕に重要な役割が与えられるわけもなく、ほとんどが雑用だった。今も買い出し組が街で買い付けてきた大量の食材を、僕とレインの二人でせっせとアクイラ内に運び込んでいたところだ。

あの子のこと……突然言われたが、僕の頭に思い浮かぶのは一人しかいない。

「カリナのこと？」

食料品の貯蔵室に運び込んだ小麦粉の袋を下ろしながら僕は問い返す。

「そう。やっぱり気になるわよね」

レインの口ぶりだと、まるで僕が当然のようにカリナに気があるみたいで、僕は火照った顔を慌てて左右に振った。

「そそ、そんなこと、僕は別に」

「ろくに訓練もしてないのにあの強さよ。古式一等星輝剣カノープスの使い手とか関係ないわ。今だってもとは装飾用の星輝剣を使っているのに、あたしたちよりずっと強い」

「……あ、そういうこと」

勘違いが逆になんだか気恥ずかしかった。

昼間に連携強化の一環でディンに指示を仰ぎながら、僕とレインでカリナを相手にする訓練があったのだが、僕らは二人がかりで全くといっていいほど歯が立たなかった。

　星輝剣の使い手として経験豊富なディンはともかく、僕らと同じくらいの年齢のカリナが、性能が劣るはずの装飾用の星輝剣で僕らを圧倒したことがレインにとっては少なからずショックだったのかもしれない。

「同調で星輝剣から引き出す力が、あたしたちとは比べものにならなかった」

　レインに同意するように僕は頷く。

「たしかに、カリナは星輝剣と一体になっている感じが凄いよね」

「あれでカノープスまで持ったら、もしかすると隊長よりも強いとか」

「さすがにそれはないでしょ」

「でも強力な古式一等星輝剣が同じ部隊に二つもあるなんて不思議じゃない？」

　その疑問は僕も抱いていたので、一応僕なりに考えていた答えを口にしてみる。

「たぶん三年前の、あの事件の影響じゃないかな」

　頭の良いレインはそれだけで察したようだ。

「星屑獣を倒せず、星浮島一つを地上に落としたから。古式一等星輝剣アルタイル一つじゃ戦力としては不十分だと防衛軍の上層部に思われた……ありえそうな話ね」

「ただそれだけじゃないと思う。第二特務隊はどの島に星屑獣が落ちてきてもアクイラで駆けつける、星屑獣と一番多く戦う部隊だから戦力は必要だし。あと若いカリナは経験不足だから、同じ古式一等星輝剣の使い手であるギニアスが一緒にいるんじゃないかな。万が一にもカノープスの使い手であるカリナを失わないために」

「放っておくと真っ先に死にそうな人間が言うと凄い説得力ね」

「うるさいな」

顔をしかめる僕に、レインは他にも疑問を投げかけてくる。

「防衛軍がカノープスと彼女の存在を公表しない理由も気になるのよ。英雄ヒナの再来とか喧伝すれば、人々に希望を与えられそうなものだけど」

「訓練生でもなかった一般人の女の子が、突然そんな重圧を押しつけられたらたまったもんじゃないでしょ。それは今度からカノープスを扱う僕が背負うよ。地上を取り戻す英雄としてみんなに希望を与えるから」

みんなが星屑獣に怯えず生活できるように、そしてカリナみたいな優しい女の子が戦わないで済む世界にしたい。

意気込む僕をレインは一瞥し、仕切り直すように口を開いた。

「あの子、気になるわ。どうやってあれほどの力を星輝剣から引き出しているのか」

「華麗に無視して話を戻さないでよ……カリナは星輝剣の声を聞くって言ってたけど」

「それって感覚に頼るしかないのかしら」

「僕に聞かれてもね」

「そうね。やっぱり本人に聞いてみましょ」

「え？」

ちらりとレインが視線を向けた先、貯蔵室の入口からカリナが顔を覗かせていた。

「なにしてるの？」

尋ねる僕の前にカリナが歩み寄ってくる。

「リュートの様子を見に来たの」

「僕に会いに？　どうして？」

わずかに胸が高鳴った。

「カノープスを使える人を見るのは初めてだから。そばで見ていたいの」

けれど急速に高鳴りは静かになっていく。

それでも「いいかな？」と真っ直ぐこちらを見つめる彼女の視線に、僕は顔が熱くなるのを必死に堪えた。

「か、構わないけど、まだ運ぶもの残ってるから」

「なら私も手伝うわ」

「いいよ。カリナは女の子なんだから、こういう力仕事は男の僕に任せて」

「そういうもの？」

「そういうものだよ」

「ありがとう」

彼女の微笑に癒やされていると、すぐそばから冷めた視線が飛んできた。

「ねぇ、あたしも女の子なんですけど?」

「……………」

「なんで目を逸らすのかしら?」

威圧感を孕んだレインの瞳に気圧されて僕は視線を泳がせる。

「えと、わかったよ。じゃあ女の子のレインに頼みたいことがあるんだけど」


その日の夜。

みんなが寝静まる頃を見計らって、僕とカリナとレインは誰もいない食堂に集まった。

「ケーキ作りとか、懐かしいわ」

調理場に入ったレインが棚からテキパキと取り出す調理器具を僕が受け取る。

「何かカリナにお礼したいな、って。ほら、女の子って甘いもの好きでしょ」

「まあいいわよ」

僕がカリナのために何かしてあげたくて、真っ先に思い浮かんだのが料理を作ってあげることだった。彼女は食べるのが好きそうだし。

しかし僕はあまり料理が得意じゃない。これまでの人生ずっと、星輝剣の使い手になることしか考えてこなかったから。だから女の子が喜びそうな料理を作れる自信なんかちっともなくて、レインに相談したところ、教わりながらケーキを作ることになったのだ。

「ちょっと意外だったよ」

「失礼ね。ケーキくらい作れるわよ。妹が好きで、以前はよくせがまれたわ」

調理台に砂糖や小麦粉を並べるレインの横顔は優しげで、けれどほんの少し寂しそうな眼差しだった。

「そうじゃなくて、断られると思ってたから。訓練生の頃からレインは規律とか厳しかったじゃん。みんなの食料を勝手に使うな、とか言うかと思った」

「そこまで材料使わないし。それにあたしも、カリナさんと話してみたかったもの」

「なんで『さん』付け？」

「だってこの隊の先輩でしょ」

そういう堅苦しいところはやっぱりレインだな、と僕が苦笑していると、食堂のテーブル側から調理場を覗きこんでいたカリナが口を開いた。

「カリナでいいわ。リュートと同じように話して」

「ならあたしもレインでお願いするわ」

「レインは私と話したかったの？」

「背中を預けて戦う仲間だもの。コミュニケーションは必要でしょ」

そう言ってレインは好意的な笑みを浮かべる。

整然とするカリナの顔からは感情が読み取れないけれど、以前に「人といっぱい話してみたい」と言っていたようにレインとの会話にも前向きのようだ。

見つめるカリナに、レインは質問を投げかける。

「今までどれくらいの星屑獣と戦ってきたの？」

「たくさんよ」

「カリナは戦い方を誰に教わったの？」

「誰にも。なんとなくカノープスが教えてくれるから」

短い返答に気を悪くした素振りも見せず、レインは質問を重ねていく。

「どうやってあそこまで星輝剣の力を引き出しているの？」

「星輝剣の声を聞いて、一緒に頑張るの」

「もう少しわかりやすく」

「星輝剣の星核と魂が触れ合えば輝きは増していくわ」

「やっぱり感覚が頼りなのね」

腕を組んで思案顔になるレインに、カリナは告げる。

「レインとポラリスも綺麗な輝きをしているわ」

「そう言ってもらえると嬉しいわね」

「僕だって負けてないでしょ」

思わず言葉が僕の口をついて出てしまった。

二人の邪魔をするつもりはなかったけれど、なんだか僕がいないものとして扱われるのが嫌だった。そもそも僕のほうはといえば慣れないケーキ作りにおろおろしていて、会話に混ざる余裕なんてほとんどなかったんだけど。

「変なところで見栄張らないで。あと材料は秤で正確に量りなさい。お菓子作りは分量が命よ」

案の定、砂糖を袋から直接ボウルに移していたところをレインに注意された。

「まったく、カリナはこんなののどこがいいの？」

呆れたように問うレイン。

そっと僕は調理場からカリナの様子を窺うと、カリナは真っ直ぐレイン見据え、

「カノープスを使えるところ。私の知らない輝きを見せてくれるの」

思った通り、歯が浮くような言葉など一切ない答えを口にした。

わかっていたよ。そう何度も同じような期待を抱いて気を落とす僕じゃない……。

「それと、名前はリュート。こんなのじゃない」

けれどほんの少し、カリナがむっと頬を膨らませる。

僕のために彼女がそんな顔をしてくれたことが、なんだか嬉しかった。

「そうね。悪かったわ。ごめんなさい」

素直に謝ったレインは、おもむろに調理場に置いてあったエプロンを手に取った。

「お詫びにとっておきの美味しいケーキをご馳走するわ」

「いや僕がご馳走したいんだから、レインはアドバイスだけしてくれればいいんだけど」

「リュート、邪魔しないで。レインはいい人よ」

え、態度変えるの早くない？

その後、隣で口うるさく助言をしてくるレインと一緒にどうにかケーキを完成させた。チョコを混ぜた簡単なシフォンケーキだ。

甘い匂いを漂わせるケーキにカリナは目を輝かせ、フォークで食べやすいサイズに切りとり口に運ぶ。

「どう？」

おそるおそる尋ねてみた。

「美味しいわ」

たった一言。けれどパクパクと勢いよくケーキの山を切り崩していくので、評価は上々のようだ。

ほっと僕は胸をなで下ろす。

「よかった」

ていた。

「でももう少し感想を言ってくれないと作る側としては物足りないわね」

ぼやくように言うレインに、フォークを口にくわえたカリナは少し困ったように眉根を寄せ
ていた。

たまらず僕はレインを睨む。

「美味しいって言ってるんだから、それでいいじゃん。だいたいレインはいつも細かいんだよ。訓練のときだってサポートが一秒遅いだの、あと一歩遠いだの」

「あんたがいい加減すぎるのよ。その一秒が生死を分けるかもしれないのよ。自分が星屑獣を倒すことしか頭にない単細胞なんだから」

「レインは慎重すぎるんだよ。だからディン相手にいつも後手に回ってるんだ」

「あんたが無謀すぎるのよ。そんなだから仮入隊なの」

「無謀だとか、僕がどこまでできるかをレインが決めつけないでよ」

「一度倒したくらいで星屑獣を簡単に倒せる気でいる。それが甘いのよ」

些細なことから徐々に口調が熱を帯びていく。

「星屑獣を倒して地上を取り戻す。僕は間違っていない」

「あたしだって間違ったことは言ってないわ」

不毛な言い争いは、これ以上続けても平行線をたどるのが目に見えていた。ここは第三者に判断してもらうしかない。

思いつくままに僕は提案した。

「じゃあカリナに聞いてみようよ」

「いいわよ。カリナはどう思う？」

ぐるんと二人同時に首を回す。

二つの視線を浴びたカリナは黙々と咀嚼していたケーキを飲み込み、

「あまいわ」

ぽつりと呟いた。

彼女の口元が砂糖の白い粉まみれになっている。

顔を見合わせる僕とレイン。

ケーキの感想をカリナなりに必死にひねり出したのだと気づき、僕らはどちらからともなく
「ぷっ」と吹き出した。


第二特務隊に僕が仮入隊をしてからあっという間に二日が過ぎた。

あれから何度か空に流れるような光が見えたけれど、騒ぎになっていないところを見ると、どこの星浮島にも落ちなかったのだろう。

明日には僕が第二特務隊の一員としてやっていけるかどうか、実際に星屑獣と戦ってテストされる。

いつものように僕とレインは、ディンを相手に星輝剣を振るっていたが、訓練が一段落したところで、

「どうだ？　使い物になりそうか？」

普段は顔を見せないギニアスが姿を現した。

荒い呼吸を整える僕らを一瞥して、ディンは答える。

「レインの方は新人にしちゃ優秀だな。危険を察して退くタイミングがいいし、周りの動きもよく見えてる。星輝剣の輝きも悪くないな」

「俺が拾ってきたんだ。それくらいでなきゃ困る。で、もう一人は？」

問われたディンはこめかみをポリポリと掻きながら判然としない表情を浮かべる。

「リュートは、ちと判断が難しいな。臆さない度胸や根性はたいしたもんだが、少し無鉄砲すぎるところがな。カノープスに振り回されている気もするし……やっぱりカノープスを扱うには時間が掛かるのかもしれないな」

「で、使えるのか使えないのかどっちだ？」

「うーむ……即戦力とは言い難い。だがせっかくのカノープスの使い手だ。少しずつ実戦で経験を積ませて、じっくり育てるべきだと俺は思うぞ」

「じゃあ少なくとも今度の作戦は邪魔だな」

話を聞いて、踵を返し立ち去ろうとするギニアス。

たまらず僕は声をあげた。

「ちょっと待ってよ。使えるかどうかは、明日テストするって言ってたじゃないか」

鬱陶しそうにギニアスは眉間に皺を寄せる。

「なんだ、そんなにテストして欲しいのか？」

「当たり前だよ」

「じゃあ明日の前にまずは俺がテストしてやる」

「え？」

ぽかんとする僕の前で、ギニアスは「少し星輝剣を貸してくれ」とディンに向かって手を差し出す。

困ったようにディンは眉根を寄せていた。

「おいおい、大丈夫か？」

「どうせ口で言ってもこのガキは納得しないだろ」

「それはそうだが……」

「ダメなら数日は起き上がれないかもしれねぇが、星屑獣に喰われるよりはマシだろ」

言われたディンは大きく嘆息した後、黙って星輝剣をギニアスに渡した。

僕としても、ギニアスが直接試してくれるならありがたい。

「おいガキ、準備はいいか？」

こちらに向き直ったギニアスが威圧的な視線を送ってきて、僕は星輝剣を構えながらも肩をすくめた。

「僕はガキじゃないから、準備はできてないよ」

「そういう言い方がガキだな。正直俺は明日のテストもレインだけで十分だと思ってる。カノープスはてめぇみたいなガキが気安く使っていいもんじゃない。それで星輝剣の使い手が一人減ったとしてもな」

「だったらなに？　ごちゃごちゃ言ってないで、早く試せばいいんだ。星屑獣はこっちの準備なんて待ってくれないんでしょ？」

先日言われたことを、そっくりそのまま言い返す。

ギニアスは手にした星輝剣をだらりと下げたまま、

「ああ、そうだな」

突如として迫ってきた。

肌が震え、殺気の混じった威圧感が襲いかかってくる。一気に加速し間合いを詰めてくるギニアスの動きを見極め、僕はカノープスを振り上げた。

ずしんと衝撃が襲いかかり、受け止めた腕が軋んだ。それでも歯を食いしばり、僕は力いっぱい押し返す。

「どうだぁ、僕は……がはっ⁉」

気炎を吐く僕の顎に、ギニアスの拳が打ち込まれた。

脳を揺さぶられて、僕は地面に膝を突く。ガンガンと鳴り響く頭に、ギニアスの声が降り注いでいた。

「一つ止めていい気になるなよ」

吐き捨てるように言うギニアスに、ディンが尋ねる。

「んで、テストした感想は？」

「ギリギリ及第点だな。カノープスありきだが、明日実戦でもう一度テストしてやるくらいはいいだろ」

「だとよ。よかったなリュート」

そうディンは言ってくれたが、頭痛と目眩にとてもよかったと思える気分じゃない。

立ち去るギニアスの背中を僕はじっと睨みつけていた。

ギニアスがいなくなった後も、グラグラとしばらく頭は揺れていて、落ち着くまで時間がかかりそうだったのでレインには先に上がってもらい、ぼんやりと僕は甲板に腰を下ろしていた。

「大丈夫か？」

ふとディンが心配そうに声をかけてくる。

「一応ね。でも及第点なら、やっぱりわざわざ殴る必要はなかったよね」

「どんなときも油断するなってことだ。あいつなりの優しさだよ」

「どこがさ」

「なんだかんだ言って、リュートの準備を待ってくれただろ」

「そうかもしれないけど……ひねくれた優しさだね」

むっとした顔で僕が言うと、ディンはケラケラと笑った。

ふと以前から少し気になっていたことを聞いてみる。

「ディンってさ、ギニアスとは付き合いが長いの？」

普段のやりとりを見ていて思う。ルールや規律にうるさそうなギニアスが、昼間から酒を飲んでいるようないい加減なディンのことを妙に信頼している節があるのだ。僕はまだしも自ら連れてきたレインのことまでディンに任せっきりというのが、なんだか不思議だった。

尋ねると、ディンは特に隠す様子もなく答えた。

「それなりにな。あいつが星輝剣の使い手になって、最初に配属された隊で、俺が色々と面倒見てやった。当時のあいつはなんだか放っておけなかったんだよ」

「どうして？」

「あいつは訓練生の同期にヒナがいてな。同じタイミングで星輝剣の使い手になったヒナより功績あげるのに必死で、危なっかしくて見てられなかった」

「ふーん。そういえば、ディンはヒナを知ってるんだよね」

「ヒナが第二特務隊の隊長になったのと、俺とギニアスが第二特務隊に配属されたのは同じタイミングだったからな。ヒナにはなんというか、度肝を抜かれたよ。あんなにあっさり星屑獣を倒す人間がいるのかって、信じられなかったな」

「そうなんだ」

ヒナが称えられるのは嬉しい反面、少しだけ期待外れだった。

みんながヒナについて話すことはいつも同じだ。誰もが「ヒナは凄いやつだった」「信じられない強さだった」と口を揃えて言う。だから僕もこうして、いつもと同じように相槌を打つことしかできない。

僕は、僕の知らないヒナのことが知りたいのに……。同じ第二特務隊にいたディンでさえ、かわり映えのないヒナの話だった。

ほんの少し肩を落とす僕にむかって、ディンは「けどな」と続けた。

「俺はただ圧倒されるだけだったが、ギニアスは違った。ヒナにだけは負けない、って息巻いて……俺からすればギニアスも星輝剣の使い手として十分凄い才能あったんだけどな。聞いたところによると、ヒナが隊員の編成の際にギニアスを指名したらしいし」

「へぇ、姉さんも認めてたんだ」

「それでもギニアスは自分が一番じゃないと納得できないタチで、がむしゃらで、意地張って、無茶ばかりして、ほんと面倒なやつだったよ」

「じゃあ今は、ずいぶんおとなしくなったんだね」

「ヒナがいなくなって張り合う相手がいなくなったからな」

「自分が一番で安心したってこと？」

「どちらかというと寂しいんじゃないか」

「……もしかして、姉さんのことが好きだったとか？」

今度こそ僕の知らないヒナとギニアスの関係があったのかと、ドキドキしながら聞いてみるけれど、あっさりディンは首を横に振った。

「いや、それはないな。明らかに対抗心剝き出しだったし、むしろ嫌いだったんじゃないか。リュートにきつく当たるのも、ヒナの弟だからってのはあるだろうな」

「えぇ……八つ当たりじゃん」

「そうだぞ。あいつはいまだにそういう捻くれたとこあるんだ。肩肘張って、隊長らしくあろうとして、俺の中ではまだまだ可愛いガキなんだよ」

「じゃあ僕のほうが大人だね」

「それはないわな」

真面目に言ったのに、ディンに一笑されてしまう。

むっとしつつも、僕はもう一つ聞きたいことがあったのを思い出した。

「ずっと聞きたかったんだけどさ。はじめて会ったときディンは『星屑獣と真っ向から戦う連中はバカだ』って言ってたじゃないか。でもディンは僕を庇って、真っ向から戦ってくれたよね。そもそもバカだと思うなら星輝剣の使い手でいるのはやっぱりおかしいし。あの言葉は嘘だったの？」

尋ねる僕の顔を見ながら、ディンは不敵に口元を持ち上げた。

「嘘じゃないさ。本気でバカだと思ってる。だがな、誰かのために命張ってるバカが、俺は嫌いじゃないんだよ」

「なにそれ。バカが好きなの？」

「ああそうだ。見ていて退屈しないし、バカの話は酒の肴にちょうどいい。お前も、ギニアスもな」

一緒にされたのがなんだか納得いかない。

けれどディンがいなければ、僕はここにいなかった。だからディンにも礼を言っておこう。

「あのときは、助けてくれてありがとう」

「おう、これからもバカなお前で笑わせてくれよ」

やっぱり納得いかなかった。

翌日。

『みんな、通信の感度はどう？』

左耳につけた小型の通信機からクロップの声がする。初めてつけた通信機からの音声に違和感は拭えなかったが、試しに応答してみる。

「うん、ちゃんと聞こえるよ」

『こちらレイン。こっちも問題ありません』

目の前にいるレインの声と、通信機からのレインの声が重なって聞こえた。

「ちゃんと聞こえるんだけどさ、なんだか頭に直接響くみたいで変な感じだ」

『そこは慣れてもらうしかないね。通信機に内蔵された極小の星核の欠片が聴覚を刺激してるから、慣れれば普段より音は鮮明に聞こえるはずだ。この通信機は星核の共鳴を利用していて、砕いた星核を無数に分ける必要があるんだけど――』

「御託はいい。星屑獣の落下軌道だけ注意しとけ」

長いうんちくが始まろうとするところを、ギニアスが遮った。

『オーケー。今のところ予定通りに落ちてくるよ。変化があったらまた連絡するから』

通信が途切れると、吹きすさぶ風の音がやけに大きく聞こえる。

僕らは星浮島の外縁部に立っていた。僕だけでなく、ギニアス、カリナ、ディン、グアルデ、レインといった第二特務隊の星輝剣の使い手が勢ぞろいしていた。

これから僕らは、空から落ちてくる星屑獣を迎え撃つのだ。

明日落ちてくるとされる特大級の星屑獣と戦う前の、予行演習といっていいだろう。星屑獣の群れから外れた一体を、あえて星浮島に落として僕らが戦う。

あくまで僕やレインが実戦に慣れる場であり、事前の情報でもこれから落ちてくるのは大きさのわりに輝きの強い星屑獣ではないとのことなので、そこまで危険はないはずだ。

ふと僕の心を見透かすように、ディンが口を開いた。

「リュート、レイン。言っておくが予測はあくまで予測だ。こっからはなにが起こるかわからないから、お前ら気を引き締めろよ」

「ぎぎ、ギニアスもいるし、お、落ち着いてやれば、だ、大丈夫だから」

誰よりも緊張気味のグアルデに、僕は苦笑する。

「グアルデがまず落ち着こうよ」

「あたしも、緊張はしてる」

表面上はとてもそうは見えないレインが言った。

「もしかして、ビビってる？」

「あんたと違って、あたしは星屑獣と戦うのは初めてなのよ。けど、あたしがやるしかないでしょ」

「やっぱりレインだね」

僕らは二人とも新人だけど、気持ちはすでに第二特務隊の星輝剣の使い手だ。互いに笑みを交わしていると、背後から低い声がした。

「ガキがあんまり余裕ぶっこいてるのもどうかと思うがな」

振り返るとギニアスが冷ややかな瞳で僕を見ていた。

視線を受け止めたまま、僕は大きく肩をすくめる。

「怯えて縮こまってるよりはいいでしょ？」

「ハッ、一度星屑獣を倒したからって調子に乗るなよ。くだらねぇ自信なんか捨てちまえ」

「捨てるもなにも、自信なんか最初から持ってないよ」

「あ？」

片眉を上げるギニアスの顔を真っ直ぐ見据え、僕は言い放つ。

「僕が自分で、星屑獣と戦うって決めたんだ。自信じゃない、これは覚悟だ。ギニアスも言ってただろ。戦場で足手まといは覚悟のないやつだって」

「覚悟を決めたから、怖くないってか？」

「怖いよ。でも、ただ死ぬのが怖いわけじゃない。僕がなにもできずに死ぬのが怖いんだ。なんの成果もあげられないまま死ぬなんて、それだけは死んでもごめんだ」

あの日、姉さんが命を賭けて助けた人間が無価値だったなんて、そんなことは絶対にあってはならない。

視線を逸らさずに、不機嫌そうな顔のギニアスと睨み合っていると、ポンと肩を叩かれた。

いつの間にか、ディンがすぐそばに立って僕を見つめていた。

「リュート、一ついいことを教えてやる。人はいつか死ぬ」

はっきりとした口調で当たり前のことを言われ、僕は首を傾げる。

「わかってるよ。だから僕は死ぬ前に一体でも多くの星屑獣を――」

「命ってのはな、限りがあるから大事なんだ。限りがあるから輝くんだ。生きてるってことは、それだけで誇っていいんだ。なにもしてないから無駄な命なんてのは、一つもないんだぞ」

ゆっくりと諭すように僕の目を見て語るディン。決して大きな声ではなく、腹の奥にずっしりと響くような声音だった。立ち尽くす僕にむかって、ディンはふっと柔らかい表情を作って言う。

「お前は、いずれ立派な英雄になるんだろ？　だったら自分の命を粗末にするな」

「……わかったよ」

普段と違って真剣なディンの眼差しに、僕は頷くことしかできなかった。

ぐるりと辺りを見渡す。島の中心部と違い、外縁部はろくに整備されておらず荒れた大地が広がっていて、そのすぐ先には空がある。今にも落っこちそうな星浮島の縁に、カリナがいた。

さきほどから会話に加わらず、一人ぼんやりと全身で風を浴びている。

星屑獣が迫る中、彼女はなにを考えているのだろう。

近づいてみるけれど僕に気づいていないのか、カリナはじっと空を見上げたままだった。

「……カリナ？」

おそるおそる声をかけると、わずかに目を見開いた彼女が呟く。

「来るわ」

間髪入れずに通信が入った。

『みんな、星屑獣が落ちてくるよ。落下予測はそのまま変わらず。気をつけて』

上空に赤い光が見えて、それが徐々にこちらに近づいてくる。ただ赤い光の高度は思ったよりもずっと速く下がっているように見えて、

「あれじゃあ、ここに来る前に落ちるんじゃ……」

このままいけば星浮島には届かず真っ直ぐ地上に落ちそうな落下軌道である。

「ま、見てればわかるさ」

ディンに言われて、僕は再度赤い光を注視する。

落下する星屑獣は体軀を丸めているのか、獣というよりただの赤い塊にしか見えない。ごつごつとした塊が落下する様を僕が傍観していると、ギロリ、と突如その目が見開かれた。同時に塊から四枚の羽のようなものが広がる。羽を広げた星屑獣の落下速度が急速に減少し、さらには滑空するようにこちらに迫ってきた。

「この広大な空にぽつんと浮かぶ島に偶然星屑獣が落ちてくるわけないだろ。やつらはああって落下軌道を修正しながら、俺たち目がけてやってくるんだよ」

近づいてきた星屑獣は、それでも速度を完全には殺しきれず、星浮島の大地に激突した。

轟音とともに星屑獣は地面を抉りながら突き進み、大岩にぶつかると、ばかん！　と二つに

割れ飛んだ。割れた半分が再び宙を舞い、それぞれ少し離れた場所に落下する。

「は？　ええっ⁉」

驚く僕の耳元で、すかさずクロップの声がした。

『飛ばされた星屑獣の片方は、そこから西に８００メルのところに落ちた』

「ちっ、面倒だな。グアルデ、レインは俺と来い。あっちに落ちたのをやるぞ。ディン、こっちは任せた」

素早く指示を飛ばしたギニアスは二人を連れて、離れた場所に落ちた星屑獣のもとへと走り出す。

取り残された僕は、ディンに尋ねた。

「えっと、僕たち三人で戦うの？」

「言っただろ。俺たちは星屑獣を相手にしてるんだ。こういった不測の事態はいくらでも起こるぞ。覚悟はいいな」

「……とっくにできてるよ」

「いいか、基本は一撃離脱だ。絶対に無理はするなよ」

「わかった」

二つに割れたとはいえ、星屑獣は見上げるほどの大きさだった。落下による大気との摩擦で熱をもった星屑獣の表面が赤く染まっている。岩の塊のようだった星屑獣がその巨体を広げた。

細長い胴体に無数の脚が生えており、角ばった巨大ムカデを連想させる。

じんわりと掌に広がる汗を、僕はそっとズボンで拭った。

大きさは先日戦った星屑獣と同じくらいだ。大丈夫、一度できたんだからやれるはずだ。

軽く胸を叩いて自らを鼓舞していると、カリナが隣に並んだ。

「落ち着いて。私もフォローするから」

「そっちこそ、もとは装飾用の星輝剣なんだから無茶しないで。カリナのカノープスを使うんだから、僕がカリナの分も頑張るよ」

カノープスを持ち上げて見せると、カリナは薄く微笑んだ。

「いくぞ」

ディンが素早く側面に回りこみ、脚関節の一つを斬りつけた。切断とはいかないまでも、結晶甲殻が砕け、星屑獣が悶える。奇怪な咆哮をあげながら星屑獣は身体の向きを変えてディンに狙いをつけた。

「今よ、リュート」

言われずとも、僕は地を蹴った。握ったカノープスに意識を集中させる。

こちらの狙いは、さきほどディンが斬りつけ外殻の砕けた脚。剝き出しになった関節部に、輝きを放つカノープスを振り下ろす。

たしかな手応えとともに、僕は星屑獣の脚を斬り落とした。

「……やった」

安堵の息を漏らす僕に、星屑獣が振り回した他の脚がぶつかりそうになるが、素早く割り込んだカリナが弾いてくれた。もとは装飾用の、刀身の強度も同調による身体能力向上も他の星輝剣に比べれば数段劣るというのに、カリナは平然と星屑獣の攻撃を防いでみせた。

苦痛と怒りに任せて星屑獣が僕らに向かおうとすると、再びディンが斬りつけて気を逸らしてくれた。その隙に、僕やカリナが追撃を加える。

別方向からの連続攻撃で、星屑獣に的を絞らせない。僕らの連携に星屑獣はまるで対応できていなかった。特にディンが注意を引くタイミングが絶妙だった。おかげで僕が星屑獣の危険に晒されることがほとんどない。

やがて数箇所の脚関節を破壊されて、目に見えて星屑獣の動きが鈍くなった。

側面からカリナが脚の一つを斬りつけると、星屑獣の巨体が沈み込み、

「ここだ」

好機を見てとり僕は跳躍した。

背中まで振りかぶったカノープスを、思い切り振り下ろす。

渾身の一撃は、星屑獣の頭部から胴体の半ばまでを縦に斬り裂いた――はずだった。

見れば真っ二つに裂かれた星屑獣の断面から、にょきりと新たな脚が生えている。さらには裂け目の入った胴体から先もぱっくり二つに分かれて、そのまま二体の星屑獣となった。

「また分裂⁉」

すぐさま片方を斬りつけるが、斬撃は弾かれてしまった。眼前で星屑獣の結晶甲殻がさきほどよりも強い輝きを帯びている。

新たに生えた星屑獣の脚は僕を刺し貫こうと伸びてきて、

「どけっ！」

飛び込んできたディンが結晶甲殻に覆われた脚を思い切り斬りつけた。

甲高い音とともに脚を斬り飛ばされた星屑獣の身体が大きく仰け反る。けれどすぐに新しい脚を生やした星屑獣は体勢を立て直してギョロリとした眼をこちらに向けた。

「ちっ。分裂したり再生したり面倒な星屑獣だな」

「ど、どうすればいいのさ……」

「分裂する前に星核を斬るしかないが、星核の位置がわかりにくい。下がってろ。お前にはまだ早い」

視線は前を向いたまま、ディンはこちらを見なかった。

すぐ近くではカリナが分かれたもう一体の星屑獣を一人で引きつけて戦っていた。

戦力の分散や星屑獣の分裂など想定外のことが重なり、もはや二人とも僕をフォローする余裕がない雰囲気だ。

けれど下がるなんて、冗談じゃない。

彼らの背中を見つめたまま、ただ守られるまま、それじゃあ今までとなにも変わらない。ダメな僕のままじゃないか。

星屑獣を、僕が倒すんだ。でなきゃ僕に価値はない。

手の中のカノープスを強く握りしめて、僕は足を踏み出した。

ディンの脇を駆け抜け星屑獣に突っ込む。蠢く多脚を避けながら正面に立ち、僕の振るったカノープスが星屑獣の中心を正確に斬り裂いた。

地面に崩れ落ちた星屑獣の断面にはそれぞれ、裂かれて半分となった眩い星核が見える。

「やった！　僕が星屑獣を倒して――」

「バカやろうっ！」

――直後、飛び散った鮮血が僕の顔を濡らした。

「このバ、バカが……危険を察知する感覚を研ぎ澄ませ、って言っただろうが……」

倒れたままの星屑獣から伸びた脚に、ディンの身体が貫かれていた。

鈍い輝きを放つ結晶の脚をぬるりと引き抜かれ、ディンは膝を突いた。地面に血だまりが広がっていく。

ディンが僕を庇ったのは明らかだった。

「な、なんで……星核は斬り裂いたはずなのに……」

わなわなと唇を震わせる僕の視界では、星核を二つに切断したはずの星屑獣がむくりと起き上がり、それぞれ新たな脚を形成していく。

またしても分裂したのだ。

硬直して動けない僕に、片方の星屑獣が尖った脚をむけて――ビクンと星屑獣が痙攣した。

立ち上がったディンが星屑獣の腹部を突き刺していた。

同時にディンの腹からはボタボタと血が溢れている。

「ディン……もう、動かないで……」

出血の量は、誰が見ても致命傷に違いなかった。

悲痛な僕の声にディンはニッと笑みを浮かべ、

「ギニアスに任されたんだ。お前がやられるのを、おとなしく見ているわけには、いかないだろうが。あいつが俺より強くなろうが、隊長になろうが、あいつは俺にとっちゃ、かわいい後輩なんだよ。こいつは、俺の意地だ。ここで黙ってたばるようじゃ、俺はあいつの先輩でいられなくな……がはっ!?」

星屑獣は抱え込むようにディンの背にいくつもの脚を突き刺していた。

がくんとディンが片膝を突く。それでもその手は星屑獣に突き立ったままの星輝剣を離しはしなかった。

か！」

「先輩だとか後輩だとか、なに言ってんだよ！　死んじゃったら、意地もなにもないじゃないか！」

「そうかもな……けどな……俺は今、最高にバカやってんだよ。そうだろ、ディフダ！」

叫びに呼応するように、星屑獣に刺さった星輝剣ディフダが爆発的な光を放つ。

どこにそんな力が残っていたのかディンが立ち上がった。苦悶に暴れる星屑獣が再度ディンの背中を爪で裂くが、星輝剣ディフダの輝きは増すばかりだ。星輝剣ディフダをさらに押し込むようにディンは太腿にぐっと力を込めて、強く大地を蹴る。

地面を震わすような衝撃とともに、星屑獣の巨体がふわりと浮き上がった。

宙を舞い、緩やかな放物線を描いた星屑獣は、星浮島の外縁部の、さらに外側へと落下する。

そこにはなにもない、広大な空。

星屑獣の脚に身体を絡めとられたままのディンも、一緒に落ちていく。

手を伸ばしても、もう遅い。

ディンと星屑獣は猛烈な勢いで奈落の底へと遠ざかっていった。

目の奥が熱かった。視界がぼやけて前がよく見えない。臓腑が捻れるような気持ち悪さを抱えながら、僕は星輝剣カノープスを強く握りしめた。

「ディンが……よくも……ああああぁぁっ！」

叫び声を上げながら僕は振り返った。

もう一体の星屑獣へと走り勢いよく振り下ろしたカノープスは、ガキンと硬い音を立てて結晶甲殻に弾かれてしまう。

見ればカノープスの刀身は脆弱な光しか放っておらず、上手く同調できているとはいえなかった。

それでもだ……。

「ディンの仇を討つんだ……僕が星屑獣を殺すんだ……。そのために、お願いだよカノープス、力を貸してくれ！」

しかしどれだけ想っても、どれだけ願っても、カノープスは反応を示さない。

それでも激情に駆られた僕は何度もカノープスを振り回す。

「なんで……なんでだよぉぉぉ、があっ⁉」

斬りつける僕の肩を、星屑獣の脚が貫いた。

そのまま僕は身体を持ち上げられ、力の入らない腕からずるりとカノープスが地面に落ちた。

ギチギチと醜い音を立てる星屑獣の大口が、僕の眼前に迫る。

ディンに教えられた、これ以上ない危険。今が逃げても構わないときだろう。けれど逃げようにも、身体が動かない。それどころか逃げる気力も、もはや沸いてこなかった。

僕のせいで、ディンが犠牲になった。みんなを救う英雄になるどころか、僕は助けられてばかりで、どうしようもなく非力で、守られる側で……この先も僕のせいで誰かが犠牲になるのなら、僕に生きている意味などあるのだろうか……。

「僕は、英雄になれないの……どうして、ねえさん……」

諦観の思考がじんわりと僕の脳を支配していく。

ゆっくりと近づいてくる死を、僕は漫然と受け入れ——

突如、流星のような光の矢が僕を突き刺していた星屑獣の脚を砕いた。

光の矢の出所に視線を向けると、星輝剣を投擲した姿勢のカリナがいた。

どさりと地面に落とされた僕に、カリナが駆け寄る。

醜い咆哮をあげる星屑獣を彼女は整然と見つめて、

「怒ってるのね。食事を邪魔されたから。満たされない叫び……お腹が空いているのかしら？ちょうどいいわ。私もお腹が空いていたの。おいで、カノープス」

横に伸ばした腕の先でカリナが手を広げる。スッと僕のそばに転がっていたカノープスが、自然とカリナの手に収まった。

「……カリナ？」

「いきましょう、カノープス」

おもむろにカリナが腕を振る。

閃光が走り、目の前の星屑獣が斜めに割れた。

バランスを崩した星屑獣の巨体が沈む。だが二つに割れた星屑獣は、またしても切断面から新たな体躯を生やして活動を再開した。

「星屑獣には、複数の星核がくっついて共存しているものもいるから。これはくっついていた星核が離れただけ」

淡々と話すカリナを、僕は見上げる。

「そんなこと、どうでもいい……逃げてよ」

僕のせいで誰かが犠牲になるのはもう見たくなかった。指一本動かす気力さえ残っていない、無力で無様な僕など、早く見捨ててほしかった。

両側から挟みこむように二体になった星屑獣がカリナに襲いかかる。

避けることのできない多脚を、カリナはまとめてカノープスの一振りで斬って落とした。

だがさらにもう一体、さきほどまでカリナが相手をしていた星屑獣が追いかけてきて、その鋭い鉤爪が背後からカリナを捉え——カノープスを握る彼女の右腕が千切れて飛んだ。

「……え？」

けれど、僕が驚いたのはカリナが片腕を失ったからじゃない。

傷ついた彼女の身体からは——、
血が一滴も流れていなかった。

それどころか失った肘の先からパキパキと結晶が生まれ、新しい腕を生みだしていた。

「こっちよ、カノープス」

再びカリナが声をかけると、少し離れた地面に落ちたカノープスがひとりでに彼女の新しい右手に収まった。

その間にも星屑獣は鉤爪でカリナを切り裂こうとするが、迫る脚をカリナはなんと片手で受け止めた。そのまま彼女が腕を捻ると、バキリと星屑獣の脚が折れていた。

無表情に、無造作に、カリナは折れた脚を投げ捨て、星屑獣の懐に飛び込む。一瞬で無数の閃光が走ると、星屑獣が崩れ落ちた。

這い出るように星屑獣の腹の下から出てきたカリナの手には、燦然と輝く塊。拳ほどの大きさの星核が握られていた。

続けてカリナに脚を斬り落とされたはずの一体が、脚を再生させて襲い来る。だがカノープスを握ったカリナの振り向きざまの一振りによって、星屑獣の半身はあっけなく砕けて散った。むき出しになった星核を彼女は悠々と取り出している。

圧倒的だった。僕の理解が追いつかない。

わかるのは、カリナの握ったカノープスが眩しいくらいに強烈な光を放っているということ。

辺りを舞い散る砕けた結晶甲殻が、カノープスの光に吸い寄せられるように集まり、そのまま光の中に溶けていった。

トンッとカリナは空高く跳躍し、残っていた星屑獣の背に着地した。斬り落とされた多脚の再生が遅いのか、もがくように地面で暴れていた星屑獣の背に彼女が一気にカノープスを突き刺すと星屑獣は徐々に輝きを失い、やがて動かなくなった。

ゆっくりと引き抜かれたカノープスは、穏やかな輝きに戻っている。

星屑獣の背中の裂け目に手を伸ばしたカリナが、どういうわけか素手で星核を取り出していた。脈打つような輝きがカリナの手の中にある。

星核は星輝剣や飛行艇の製造には欠かせない、貴重なものだ。だが星屑獣の亡骸の上に腰かけた彼女は、手にした三つの星核を愛おしそうに撫でて、

「大丈夫。あなたたちの輝きは、私の中で生き続けるから」

ガリッ、と硬いものを砕く音が僕の耳を突いた。

口を開けたカリナが、星核に噛みついていた。ガリゴリとその顎で星核を噛み砕き、飲み込んでいく。

僕の瞳に映った彼女は、まるで獣のようだった。

辺りに静けさが戻り、風の音が耳の奥でごうごうと鳴っていた。

なにもできなかった。星屑獣を倒すことも、落ちていくディンを助けることも……。

そして今も、なにもできない僕はこの大地の上にただ立っているだけだった。

眼下でゆっくりと雲が流れていた。

カリナが心配そうに僕を見ていたけれど、僕は目を合わせせない。ディンのこととか、カリナのこととか……なにも考えたくなかった。

どれだけ佇んでいただろう。一瞬だったかもしれないし、半日くらい経っているかもしれない。時間の感覚も曖昧で、ふらふらとおぼつかない足元ばかり見つめていた。

やがて背後から足音が近づいてきて、

「おい、ディンが落ちたのは本当か？」

振り返るとギニアスがいた。

「う、うん……」

「あ？　どっちだよ。てめぇが一番近くで見てたんだろうが。はっきり答えろ」

苛立たしげに胸倉を摑まれる。

やはり僕は目を合わせないまま、口だけを動かした。

「ディンは、落ちてったよ……星屑獣と一緒に……」

「……そうか」

パッと手を離したギニアスはそれ以上なにも言わず、外縁部から眼下の空を見下ろしていた。

おずおずと僕はわずかな希望を口にしてみる。

「そ、それでもアクイラなら、地上に落ちたディンを助けに行けるんじゃ……」

「飛行艇は風に乗って、あくまで島と島を繋ぐものだ。地上まで下りて、そこからまた星浮島まで高度を上げるには出力が足りねぇ。それに落ちる前から致命傷だったんだろ」

淡々と答えるギニアスに、なおも僕は食い下がる。

「それでもディンが上手いこと生きてて、地上で待ってるかも」

「この高さから落ちてか？　とっくに地上のシミになっちまってるよ。それに地上は星屑獣がうじゃうじゃいるんだ。どっちにしろ生きてるわけがねぇ」

「それでも、助けに行かなきゃ」

「仲間を犠牲にしてもか？」

「それでも――」

「ガキは黙ってろ！　全部てめぇの責任だろうが！」

これまでにないほど明確な怒りのこもった声が、ビリビリと鼓膜を突いた。

一喝された僕は、咄嗟にすぐそばにいたカリナを見た。

「ぼ、僕だけじゃない……だって、カリナはあんなに強くて……」

「リュート？」

首を傾げる彼女に、僕はあたふたと早口で尋ねる。

「かか、カリナはさ、なんで、もっと早くやらなかったの？」

「……え？」

「キミがもっと早くカノープスを使っていれば、最初からああやって全力で戦っていれば、ディンは死ななかったよね？」

ただ僕の罪の意識を軽くしたいだけの言い訳だった。くだらない空虚な責任逃れだった。苦しみから解放されたい現実逃避だった。それなのに……。

「……そうね。ごめんなさい」

一切の反論をせず、静かにカリナは頭を下げた。

「え、あ……その……」

すぐに自分がなにをさせているのか気がついた。

僕はディンの死を、カリナになすりつけたのだ。

動転した思考で、まともに声も出せずに僕が狼狽していると、

「おい、歯を食いしばれ」

耳の中で音が爆ぜた。

拳で殴られたのだ。地面を転がる僕を、ギニアスはさらに蹴りつけてくる。「かはっ」と呼吸ができない苦しみと鈍い痛みが同時に襲いかかってきて僕は悶えた。

「ちょっ、ギニアスなにしてるの！　死んじゃうでしょ！」

遠くのほうから駆けつけてきたロゼの声がした。

「うるせぇ！　この甘ったれのガキをいっぺん半殺しにしなきゃ気が済まねぇんだよ！」

怒りをぶつけるように、ギニアスは地面に這いつくばる僕を再び蹴りつけてくる。

痛みとともにやってきたのは、胃がせり上がるような猛烈な不快感。けれど内臓や胃液の代わりに口から出てきたのは、僕の腐った性根の悪態だった。

「……なんだよ……全部僕が悪いと思ってるなら、早く僕を殺せばいい……そうすればもう誰にも迷惑がかからないから……」

「このクソガキがぁ！」

何度も、何度も、ギニアスは僕を蹴り続けた。

呼吸ができず、もはや反論もできない。ここでも僕はなにもできなかった。なにをする気力も起きなかった。ただひたすら蹴られ続けて、口の中で血と土の味が混ざっていく。

どれだけ蹴られても、痛みはなにも忘れさせてはくれなかった。

☆　☆　☆

「……くそが」

アクイラで一度、東部第1星浮島に戻る指示を出してから自室に戻ったギニアスは、ベッドに腰掛け一人呟く。

心にぽっかり穴が開いたような喪失感にうなだれていると扉が開き、

「やりすぎよ」

呆れた顔のロゼが入ってきた。

バツの悪い表情をギニアスは浮かべる。さきほどまでリュートを蹴っていたつま先は、今も少し痺れていた。

「うるせぇな。やりすぎかどうかなんて、自分じゃわかんねぇんだよ」

「いつもディンが止めてくれたから？」

「………………」

その通りだった。言葉にされて、ディンがもういないのだとあらためて痛感する。

星輝剣の使い手として初めてギニアスが配属された隊に、ディンはいた。当時はズボラでいい加減な性格のディンを嫌悪していたこともあったが、思い返せばあの頃の張り詰めていたギニアスに肩の力の抜き方を教えてくれたのは彼だった。

　ギニアスが戦場でもっとも背中を預けたのはディンだった。一番長く苦楽をともにし、ギニアスが隊長となってからも関係は変わらない。ディンは先輩であり、頼れる部下であり、よき理解者であり、数少ない心を許せる存在だった。

　心の拠り所を失ったギニアスの中で、行き場のない感情が渦巻いていく。

「……そうだよ。くそっ、今まで仲間を何人も失って、慣れてるつもりだったんだけどな……今回はちとキツいわ」

「慣れる必要なんてないでしょ」

「……それでも、他の連中の命も預かってるんだ。俺が動じるわけにはいかねぇだろ」

　唇を噛み締めるギニアス。

　わずかな沈黙の後、ロゼが口を開いた。

「あんたさ……なんでカノープスを、リュートで試したの？」

「あ？」

　唐突な質問だった。眉根を寄せるギニアスに、ロゼは続ける。

「そのままカリナに使わせとけばよかったじゃない」

「仕方ねぇだろ。カリナがリュートに使わせてみる、って言うんだから。あいつの機嫌を損ねるわけにはいかねぇんだよ。それにディンも乗り気だったし、お前だって面白がってたじゃゃねえか」

「でも使わせることを決めたのはあんたでしょ」

「わかってるよ……ディンを失ったのは俺の責任だ」

ついカッとなってリュートを責めてしまったが、星屑獣との戦いの中で部隊に起こったすべての出来事はギニアスの指揮によるものだ。どれだけ下っ端の隊員がヘマをやらかそうが、その隊員を使うと決めたのはギニアスである。全ての責任はギニアスにある。それが隊を仕切る、隊長としての責務だった。

けれど重々しく呟いたギニアスの言葉に対し、ロゼは静かに嘆息した。

「そういうことを言ってるんじゃない。あんたはさ、リュートのことを信じたかったんじゃないの？」

「……なんで俺がガキを信じる？」

「昔の自分に似ていたから」

「またそれか。仮にそうだとして、信じて裏切られたんじゃ世話ねぇな」

「そうやって捻くれてるの、子どもっぽいのよ。あんたも根っこは子どものまま。だからあんたは無意識にディンに頼っていたし……今でも心のどっかで『ヒナに勝ちたい』って思ってるでしょ」

そんなことはない、とは言い切れなかった。実際にディンには頼っていたし、第二特務隊を指揮する以上かつてのヒナを意識するな、というほうが無理な話である。だがロゼの話は要領を得ず、どうにもギニアスは釈然としない。

「それで、信じてカノープスを使わせた。俺がガキだった。だからどうした？」

鬱陶しそうな顔をするギニアスに、ロゼは穏やかな声音で答える。

「無理して大人ぶらなくても、つらかったら喚けばいいし、悲しかったら泣けばいいじゃない」

「……そんなことか。泣いてディンが戻ってくるならいくらでも泣いてやるよ」

「一度全部吐き出しちゃったほうが、少しは楽になると思うけど」

「うるせぇな。誰かがいたらみっともなくて泣けない年頃なんだよ。わかったらとっとと出て行け」

「なによ。胸でも貸してやろうかと思ったけど、じゃあ一人で勝手に泣けば」

呆れた顔で踵を返してロゼは部屋から立ち去った。

一人になったギニアスは深く息を吐く。いまは泣く気になどなれなかった。己のやるべきことを反芻し、毅然と前を向く。

「くだらねぇ。なにをしたって星屑獣は落ちてくる。泣いてるヒマも、後悔してるヒマもねぇんだよ」

☆　☆　☆

飛行艇アクイラが東部第一星浮島に着くと、僕は荷物をまとめて部屋を出た。

もうここに僕の居場所はないから……。

狭い通路をおぼつかない足取りで歩いていると、
腕を組んで壁にもたれかかるようにレインが立っていた。

「どこに行くつもりかしら？」

「……どこだっていいじゃん」

「なにも言わずに黙って出て行く気？」

呆れた声を出すレインに、僕は問い返す。

「じゃあみんなになんて言えばいいのさ。教えてよ」

「知らないわよ。あたしの常識にあんたは当てはまらないから」

「なにそれ……」

素っ気なく突き放されてしまう。

佇む僕を、レインは腕を組んだままじっと見つめていた。

「以前にあんた言っていたわね。『地上の星屑獣を全部倒して、地上を取り戻す』って」

「そうだね。バカみたいなことを言った」

「ええ、バカだと思ったわ」

「ひどいね……」

「でもほんの少し、面白いやつだと思った」

わずかに肩をすくめたレインは「ふん」と小さく鼻を鳴らす。

「勘違いしないで。あんなことを臆面もなく言うバカな男がいるなんて思わなかっただけ。あたしとは違った志の高さにちょっと感心しただけよ」

ぼんやりする僕を見据えてレインは続ける。

「以前に妹がいると言ってたでしょ」

「……たしか、ケーキが好きだとか」

「もういないのよ。星屑獣に殺されたわ」

「…………」

そこまで珍しい話じゃない。この空の上では多くの人間が経験していると思う。

レインはわずかに寂しそうな表情を浮かべていた。

「あの日、あたしは自分の無力を思い知った。それでも、せめてこの手が届くものくらいは守りたかったの。常に最善を尽くし、確実に星屑獣を星浮島から落とし、できるだけ犠牲を最小限に、少しでも多くの人を救うために星輝剣の使い手になる道を選んだ」

「……だから？」

「あたしにとって、地上という届かない場所に手を伸ばそうとするあんたの存在は、どこか刺激的だった。あたしが間違っているんじゃないか、もっと最善があるんじゃないか。自分を見つめ直すいいきっかけになったわ」

「間違っていたのは僕のほうだったね」

早口でまくし立てるレインにそっと告げる。

ぴくりと眉をひそめる彼女の瞳には、今の僕はどんなふうに映っているのだろう。

「レインも前に言ってたよね。『身の丈に合った戦い方をすれば？』って。その通りだった。僕なんかがカノープスを持ったらいけなかったんだ。そのせいで周りを不幸にした」

「いまさらそんなこと……。星屑獣と戦っていれば、常に不幸はつきまとうものでしょ。それは周りの誰か、あるいは自分自身かもしれない。あんた、覚悟していたんじゃないの？」

壁から身体を離した彼女がツカツカと僕の眼前まで歩いてくる。

「そんな不幸を一つでもなくすために、ディンさんはあたしやあんたを鍛えてくれた。ここでやめたら、あの人のしたことが全部無意味になるのよ！」

突き出したレインの手のひらが僕の頬をかすめる。ダンッと叩きつけるように壁に手を突いた彼女は肩を震わせ、瞳に怒りの色を滲ませていた。

「ディンさんだけじゃない。訓練生の仲間たちや、星浮島に住む人たちみんなが、あたしたちに託したんでしょ。それが星輝剣の使い手になるってことでしょ！」

立ち尽くす僕を凝視しながらレインが叫ぶ。

「あんたのお姉さんも、あんたに託したんでしょ。英雄ヒナを超えるんじゃなかったの！」

わかっていた。

戦場に出れば誰かが犠牲になるときがあるということも……。

僕が犠牲にならないようにディンが鍛えてくれたことも……。

星輝剣の使い手が人々のわずかな希望であることも……。

みんなの想いも、星屑獣の恐ろしさも、姉さんの凄さも……。

全部わかっていた、つもりだった。

「……僕は、星屑獣の一体もろくに倒せなくて、ディンに助けてもらわなかったら今頃死んでいたんだよ。普通に考えたらわかるでしょ。地上の星屑獣を全部倒すことも、姉さんを超えることも、星屑獣とまともに戦うことすら……僕には無理だよ」

とても弱々しい声が口の端から漏れる。

結局僕はなんにもわかっていなかったのだ。

自分がどこまでも無力だということを……。

「ちっ、もういいわ」

舌打ちともにレインが踵を返す。

「ありきたりの理屈なんか、バカみたいな理想で撥ねのけるのかと期待してた。ずいぶんつまらない男になったものね」

冷ややかに一瞥して去って行く彼女に、僕はなにも言えなかった。


アクイラを下りた僕は港から歩いて街までやってきた。

初めてディンと出会ったあの店のテラス席で、僕は長い時間ぼんやりと座っていた。

いっそ酔っ払って全て忘れてしまいたかったけれど、未成年の僕がお酒を注文できるはずもなく、仕方なく頼んだココアは気がつけばぬるくなってひどい味がした。

あの日一緒に話したカリナも、ディンも、もう僕のそばにはいない。

あの日のテーブルに、僕は独りぼっちだった。

「リュートか？」

ふいに名前を呼ばれて顔を上げると、叔父のクーマンがいた。

司令部からの帰り道だろうか、軍服を着て通りを歩いていたクーマンは僕の姿を認めてテラス席に近づいてくる。僕の前の席に腰を下ろして店員に注文をすると、ほどなくコーヒーが運ばれてきた。カップを持ち上げて静かにコーヒーを口にしたクーマンは「悪くないな」と呟いてから、スッと僕の顔を見た。

「こんなところでなにをしている？」

「なにって……なんだろうね。きっと、なにもしてないんだよ」

乾いた笑みを浮かべる僕を見て、クーマンは言う。

「ついさっきギニアスが司令部に来た。ディンの代わりになりそうな星輝剣の使い手はいるか、となる。補充要員などほとんどが実戦経験に乏しい者だ。それでディンの代わりになるのかと問い返したら、無言で帰っていったな」

「……そうなんだ」

「ギニアスの第二特務隊は明日に重要な作戦を控えているはずだ。それで、お前はなぜこんなところにいる？」

「僕じゃギニアスたちの役に立てそうもないから……それどころか僕がいると足を引っ張っちゃうから。いないほうがいいかな、って思って……」

「……ふむ、そうか」

そう言ってクーマンは再びコーヒーを飲み始めた。それ以上なにも聞いてはこない。

あまりに整然とした様子に、僕は思わず尋ねてしまう。

「なんで、そんなわかったような顔してるのさ」

「ギニアスからある程度話は聞いている。そうでなくても、最初からわかっていたことだ。私はお前に第二特務隊は無理だと思っていた」

「どうして……？」

「五年前にヒナを失ってから、お前は星屑獣を倒すことしか頭になかったからな」

「それのなにが悪いのさ」

僕は背を向け逃げ出してきたのに、もう戦う気はないのに……。はじめから無理だと思われていたことがなぜだか無性に気に食わなかった。

不満げな僕の目を覗き込むようにクーマンは言う。

「見たのだろう？　古式一等星輝剣カノープスと、その使い手である少女を。あれは一般には知られていない、軍の最高機密だ」

「カリナの、こと？」

「そもそも古式一等星輝剣カノープスは東部第一星浮島の最奥で封印されていたものだ。五年前にヒナという不世出の星輝剣の使い手を失い、三年前に襲来した星屑獣になす術もなく星浮島一つを落とした我々は早急に戦力を立て直す必要に迫られた。そこで封印されたままだったカノープスの封印を解いたのだ。同時にカリナが目覚めた」

「……どういうこと？」

「正確には順番が逆だな。カノープスの封印を解くには、カリナの封印を解く必要があったのだ。カノープスの星核は、カリナの星核の一部でできているのだからな。本体の星核が休眠していては、共鳴するカノープスは本来の力を発揮できん」

「カリナの、星核の一部……」

ぼそりと嚙み締めるように繰り返す僕に、クーマンは告げる。

「カリナという少女はかつて地上で造られた、星屑獣を変異させた生体兵器だ」

言われたことに大きな驚きはなかった。カリナのあんな姿を見て、ただの人間だと思うほうが不自然だ。

けれどなぜか、僕の胸はきゅっと締め付けられるような苦しみを覚えていた。

「カリナは……星屑獣と戦うために造られた存在だってこと？」

「ただ星屑獣と戦う兵器。それだけなら話は単純だったのだがな。目覚めた彼女は一つの使命を与えられていた」

「使命？　星屑獣を倒すことじゃなくて？」

「『人の住めなくなった地上の代わりに、新しい星になる』という使命だ。なんでも星屑獣は他の星核を取り込むごとに成長するらしい。それはカリナも同じで、カリナが長い年月をかけて途方もない星核を取り込むことで、やがて成長した彼女自身を核として新しい星を創造する計画だとか。まったく地上の人間の発想には恐れ入る」

カリナ自身が、星になる……!?

突拍子もない話に言葉が出てこなかった。記憶の中にある星屑獣の星核を食べるカリナの姿が脳裏にこびりついて離れない。

「新しい星の創造など我々には皆目見当もつかん。だが軍上層部は『新しい星とはいかないまでも、新しい星浮島なら我々にも造れるのではないか？』と考えた。もともと星浮島は星核を利用して浮いているのだ。理論的には問題ない。ひとまずカリナには星屑獣を撃退してもらい、その間に我々は新しい星浮島を造る技術を確立する。これが『新生星浮島計画』という現在我々が進めている計画だ」

星浮島に住む人々の生活を守るため、減り続ける土地を新たに生み出すために、カリナを利用するという。

　そもそもカリナは犠牲になるために生み出された存在。

　何百年も、何千年も星屑獣と戦って、やがて星になることを宿命づけられた少女。

　啞然とする僕に、クーマンは続ける。

「しかしカリナはかつての地上の人間が封印するほどの代物だ。我々に制御の仕方などわかるはずもない。万一に備えていつでも処理できるよう、古式一等星輝剣アルタイルとその使い手を監視につけることになった」

　ふと頭の中に、ギニアスや第二特務隊のみんなの顔が浮かんだ。

「それって……カリナを殺すために、ギニアスが一緒にいるの？」

「理由は他にもある。どうやらカリナの星核は、他の星屑獣の星核と共鳴するらしい。より多くの星核を取り込むためだろうな。全てではないにせよ、星屑獣はカリナを目指して落ちてくる傾向がある。今度の作戦もそれを利用して、人のいない東部第24星浮島で特大級の星屑獣を迎え撃つ」

僕が初めてディンに会ったあの日、街中に星屑獣が落ちてきたのは、カリナがいたから。星屑獣はカリナに引き寄せられて落ちてきて……いや、実際カリナは人の形をした星屑獣の変異種で、姉さんやディンを奪った、星屑獣の仲間であることに変わりはないのだ。

カリナは星屑獣で……。

人類のために犠牲になる存在で……。

もう頭の中がぐちゃぐちゃだ。

「わかったか。お前に第二特務隊は無理なんだ。地上を取り戻すことにこだわっていたお前にとって、アレは地上を完全に捨て去るための存在。ましてや中身は星屑獣と同じだ。お前は星屑獣とともには戦えんだろう？」

僕はなにも答えられなかった。

以前ギニアスに問われた覚悟。

第二特務隊で戦うという覚悟の、本当の意味を知った。

彼らはみんな、カリナと共に戦い、いざとなればカリナを殺す覚悟があるのだろう。

いずれカリナを犠牲にする覚悟があるのだろう。

でも僕はきっと、星屑獣のカリナと戦うことも、殺すこともできない。

やっぱり僕は、なにもできない情けない男だった。


クーマンと別れた僕はそのまま家に帰る気にはならず、ぶらぶらと行く当てもなく歩き続けて、気がつけば毎晩訪れていたあの丘に来ていた。

星輝剣の使い手になるために特訓に明け暮れていた、姉さんの慰霊碑の前で僕は座り込む。

ときおり吹く風は冷たく、僕は身体を丸めてじっとしていた。

すでに辺りは夜の帳が下りていて、空には星の輝きがはっきりと見える。あの輝きのどれかが、明日には落ちてくるのだろう。

ぼんやりと姉さんの慰霊碑を眺める。本当ならすぐそばの地面に刺さっているはずの、毎晩僕がいつも振り回していた星輝剣は、今はない。もう振る必要もないのだから、特に困ることはないけれど……。

ただひたすら姉さんを超えるために頑張ってきた。

けれどその気持ちはたぶん、自分を誤魔化すための偽りだったんだ。心の奥底ではわかっていたはずなんだ。自分自身の実力なんてものは……。

努力し続けていれば、いない姉さんを追い続けていれば、現実を見なくてよかった。五年前はまだ幼かったから、三年前はまだ星輝剣の使い手じゃなくてどうしようもなかったから、そうやって言い訳のように努力だけを重ねていれば、ちっぽけな自分に気づかないフリができたのに……。

ディンを失って、すべてがダメになった。

それでもディンの仇を討つんだと意気込んで、星屑獣と戦うことを選べばよかったんだ。姉さんを失ったときのように……。

戦うことを選ばなかったのは、みんなの足を引っ張るからじゃない。ディンを失ったからじゃない。カリナが星屑獣だったからじゃない。

失望したのは僕自身にだ。

なりたい自分になれないと、英雄になれないと気づいてしまったからだ。

浅ましい願いが叶わないから、戦わない。

僕はどこまでもちっぽけで、最低の男だった。

「あ、いた」

静かな夜に突然、澄んだ声がした。

聞き覚えのある声は幻聴かと思った。

けれど振り返った僕の視線の先に、カリナが立っていた。

「なんでここに？」

「なんとなく、カノープスが教えてくれた気がしたから」

淡く光るカノープスを背負ったまま、カリナは僕の隣に腰を下ろした。

正直会いたくなかった。僕はカリナにひどいことを言って、ディンを失った責任を彼女に押しつけてしまった。

カリナは、僕に対して怒っているのだろうか。それとも失望しているのだろうか。

彼女の綺麗な横顔から察することはできない。

彼女はなにを思って、なんのためにこの場所に来たのだろう。

やっぱり僕はなにを喋ればいいのかわからず、ただじっとしていることしかできなかった。

黙りこむ僕を見ながら、カリナがそっと口を開く。

「どうしていなくなったの？」

「だって、僕は弱いから……僕がいても、なんの役にも立たないでしょ」

「そんなことないわ」

「……そんなこと、あるよ。弱い僕に価値はないんだ。姉さんが助けた僕は、姉さんよりも強くなきゃいけないのに……強くないなら、僕が生きている意味がない……」

「そこまで強くなきゃいけないの？」

「キミにはわからないんだよ！」

大声を出して、途端にハッとした。

また彼女を傷つけてしまった。

「そうね……私にはわからないわ。ごめんなさい」

「…………」

怒鳴られても顔を背けずカリナはじっと僕を見つめていた。

カリナが謝る必要なんてどこにもないのに……。彼女が何を考えているのか、彼女になんて言えばいいのか、僕にはわからない。

「でもリュートが生きている意味はきっとあるから」

励ますような彼女の言葉に、僕は震える唇を精一杯動かした。

「僕が生きる意味なんて……。だってディンは、僕のせいで……」

「あれは私のせいでもあるんでしょ。はじめから私がカノープスと一緒に、あの星屑獣の輝きを全部食べればよかった」

そうかもしれない、と一瞬でも思ってしまった。

この期に及んでいまだに僕は責任から逃れようとしている。

だってそう思わないと、ディンを失った痛みは僕一人では抱えきれないほどで……ギニアスに言われた通り、やっぱり僕には覚悟が足りなかったんだ。

いままで多くの犠牲を払いながら戦ってきたというギニアスは、もっと多くの痛みを抱えているのだろうか。それに加えて、いざとなればカリナを殺す覚悟も……。

「……聞いたよ。カリナは星屑獣なんでしょ」

「そうよ」

隠すことなく彼女は答えた。

『私も苦手だと思う。人と話すの』

『カノープスと同調できた人、はじめて見たから』

彼女の言葉の節々に、自分が人ではないから、という意味が込められていたのだろう。

「……もとは星屑獣なのに、星屑獣と戦ってるの？」

「星屑獣同士が食べ合うことは珍しいことじゃないわ。輝きは一つになってより強い輝きを生む。彼らの輝きは私の中で生き続けるから」

「……星になるって」

「人類が移住する星を造るには強力な星核が必要だから、多くの星核を取り込まなきゃいけない。そのために私とカノープスはいるの」

「……カリナは、それでいいの？」

質問に、わずかに首を傾げてカリナは答える。

「人は輝きが成長する面白い生き物だから、そばで見ていたいの。それって、おかしなことなの？　私が人の住む星になれば、何百年も何千年も人間という生き物の成長を見守り続けることができるのよ」

これ以上、僕に現実を突きつけないでほしい。

泣きたいほどに、わかってしまった。

彼女こそがこの星浮島の救世主。

姉さんを超える英雄になるのは、カリナだ。

カリナは星浮島の最終兵器で、生まれながらに星輝剣の使い手で、そして人類を救済するためいずれ己の身を捧げるという十字架を背負っている。姉さんを失っただけの僕とは比べ物にならない、誰よりも悲劇の宿命の中にいる少女。

そしてどうしようもなく最低な僕は、そんな彼女に嫉妬すらしていた。

「リュートのことも、もっとそばで見ていたかった……いけない？」

胸に抱いた感情を悟られたくなくて、僕は目を逸らした。

そんな純粋な顔で見ないで欲しい。僕の濁った瞳に彼女は眩しすぎる。

震える僕の口からかすれた声が漏れた。

「……僕は、カリナに出会わなければよかった」

だってそうすれば、少なくとも僕のせいでディンが死ぬことはなかった。

ずっと姉さんの幻影を追い続ける悲劇の主人公でいられた。

こんな最低な自分に気づかずにいられた。

「そうなの？　この間とは違うのね。私はやっぱり、リュートと出会えてよかった」

「どうして、僕なんか……？」

「リュートは星屑獣や兵器じゃない、ただの私を見てくれたから。だから嬉しかった」

ハッとして僕はカリナの顔を見る。

僕はずっとみんなから、姉さんの弟としてじゃない、僕を見て欲しかった。

カリナも、僕と同じだったんだ。

少しだけ彼女の気持ちが理解できて……けどそれならやっぱり、僕は彼女に相応しくない。

「……それは、違うよ。星屑獣だとは知らなかったけど、カリナが星輝剣の使い手だったから、きっと僕は利用しようとそばにいたんだ。そうじゃなければ、相手にもしなかったかも」

「でも、空から落っこちる私を受け止めてくれた。私のことなにも知らなかったのに」

「あの状況なら誰だってそうするんじゃ――」

「優しくしてくれた。いっぱい話してくれた。女の子として見てくれた」

遮るように矢継ぎ早に言われて、僕は戸惑ってしまう。

反論が止まったことに満足したのか、カリナは柔らかで優しい笑みを浮かべて言った。

「あの夜もね、私がリュートのもとに落ちたのは偶然じゃない。カノープスがあそこに落ちるように導いていたの。たぶんカノープスはリュートの持つ輝きを感じとって、私をリュートに会わせてくれた」

彼女が紡ぐ鈴の音のような声を、僕は黙って聞いていた。

「星屑獣は輝きに惹かれるのよ。人の持つキラキラした輝きが気になって、空から落ちてくるの。誰かの輝きを食べたくて、自分のものにしたくて仕方ないの」

「それで……カリナは僕のことを食べにきたの？」

いっそ食べて欲しかった。そうすれば、こんなちっぽけな僕でもカリナという英雄の一部になれるんじゃないか……。

けれどカリナは静かに首を横に振って、

「明日落ちてくる星屑獣からは強い輝きを感じる……もしかしたら、もう会えないかもしれないから……もう一度リュートに会っておきたかった」

少し寂しげな表情のカリナは「本当はもっと見守っていたかったんだけどな」と零し、真っ直ぐに僕を見つめた。

「私はリュートの輝きに惹かれた。リュートのおかげで私は輝ける。見ていて、リュートにもらった輝きで、みんなを守ってみせるから。だから、ありがとう。やっぱりリュートに出会えてよかった」

そう告げて、カリナは立ち上がって踵を返す。

きっとこれが最後の別れになるのだろう。

なぜだかわからないけれど、咄嗟に僕は彼女に手を伸ばしていた。

けれど伸ばした手は虚しく空を掴むだけだった。

彼女の背にはもう届かない。

やはり彼女は遠い存在で、僕は座り込んだまま動けない惨めな男で……なにか熱いものが目の奥から溢れ出してきた。

そのときだった。

「いたいた。カリナ、迎えにきたわ」

ふいに眩しい光に僕らは照らされた。

「やっぱりその子が気になったの？　じゃあ一緒に乗せて。時間ないから、急ぐわよ」

迎えにきたロゼは、カリナと一緒に僕をバイクのサイドカーに乗せると高速飛行艇アクイラまで突っ走った。かなりのスピードで荒れた道を走るバイクに、僕は舌を噛みそうになるのを堪えていた。そのせいだろうか、僕もカリナもなにも喋らなかった。

アクイラへ着くと星屑獣との戦いを控えた船内は慌しく、誰も僕に気を留めなかった。やっぱり僕なんていてもいなくても大差ない存在なのだろう。とにかく邪魔にならないように、もといた部屋でおとなしくしていた。

夜が明けて窓から日が差し込んで、アクイラが星屑獣との決戦の星浮島へと到着しても、誰かが僕を呼びに来ることはなく、僕は部屋の隅で一人座り込んでじっとしていた。

どれだけそうしていただろうか、トントンとノックの音とともに扉が開き、

「そろそろ星屑獣が落ちてくる時間よ。いつまでそうしている気？」

入ってきたのはロゼだった。

ぼんやりと顔を上げた僕を見て、ロゼは呆れたように大きく息を吐き出した。

「まだいじけてるの？　そういうことができるのも若者の特権かしらね」

「……なんで、僕まで連れ戻したの？　ギニアスの命令？」

もごもごと口を動かし漏れ出た声は、思った以上に小さかった。

それでも僕を見下ろすロゼは肩をすくめて答える。

「ギニアスからは『カリナを連れ戻せ』としか言われてないわよ。忙しくて今はあなたに構っているヒマなんてないでしょうし……でも、あなたもこの隊の一員でしょ」

どうやら僕を連れ戻したのはロゼの独断らしい。重要な戦力のカリナはともかく、足手まといの僕など道端に捨て置けばよかったのに……。

「……僕はテストに落ちたから、入隊してない」

「私は落ちたとも合格したとも聞いてないけど？」

「犠牲を出したんだから、言われなくてもわかるよ。それにカノープスはカリナが使うべきだ。だったらもう、僕がいる必要はないでしょ」

「そうかもね。でもあなたには見届ける義務がある」

「義務？」

繰り返す僕に、ロゼは言い聞かせるように続けた。

でしょ」

「ディンを失って戦力が減った負担は、みんなが請け負ってるのよ。責任全部があなたにあるとは思わないけど、一端はあなたにもある。あなたが背負えないにしても、見届けるのが務めでしょ」

「別に……僕がただ見ていたって結果は変わらないでしょ……」

「見なさい。命がけで戦ってる人たちがいるのに、目を逸らすなんて許さないわよ」

もはや戦力としてじゃない。ただ見せるために、僕を連れてきたのだ。逃げるどころか目を逸らすことすら許されない、あまりに残酷な仕打ちだと思う。

「僕のせいでディンを失って、そのせいでみんなが大変な思いをするのを見るなんて——」

できない、と言う前にロゼの言葉が遮った。

「それが生き残った者の務め。つらい、苦しい、悲しい、痛い、それが人生。全部生きてる証なんだから」

そのままロゼは、無気力な僕の瞳を真っ直ぐ見据え、

「ディンにもらった命を大事にしなさい」

優しい声音でそう付け加えた。

もらった命を、大事に……。

それは以前ならば——僕を前へと突き動かすための言葉だった。

けれど今の僕にとっては——呪いの言葉にしか聞こえなかった。

「そうやって……僕は姉さんにもらった命で、ディンを犠牲にしたんだよ」

かすれた声とともに僕は腹のうちに溜まった黒い感情を吐き出す。

「ずっと心のどこかで自分に言い聞かせていたんだ。姉さんが犠牲になったのはまだ僕が幼かったから仕方ないんだって、ギニアスが島を落としたのも僕にはどうしようもなかったから仕方ないんだって。仕方ない、仕方ない、仕方ない、仕方ない、仕方ない、仕方ない、仕方ない、仕方ない、仕方ない、仕方ない……」

そうだった。今までは僕にはどうしようもなかった。

ずっと、そう思い込めた……。

それでちょっとでも楽になれたはずなのに……。

もう限界だった。

どれだけ言い訳を重ねて楽になろうとしても、次の瞬間には「だけど」と脳が拒んでいたはずの言葉を口ずさんでしまう。

「ディンが犠牲になったのは……違う。僕にはできたはずなんだ。だって僕がちゃんとカノープスの力を引き出して星屑獣を倒すことができていれば、ディンの教えを守って下がっていれば、僕が代わりに犠牲になっていれば……」

もしもあの時、ああしていれば……。ディンを失ってからは、そんな思いが駆け巡って頭の中をぐちゃぐちゃにする。

姉さんに救われた命で、より多くの人を救いたかった。けれど僕のせいでディンを死なせてしまった。ディンが生きていれば、きっと僕よりたくさんの命を救うことができたはずなんだ。

僕が姉さん以上に多くの人を救いたいなんて思わなければ……。

僕が星輝剣の使い手になりさえしなければ……。

僕さえいなければ……。

「今だって思ってるんだよ。カノープスはカリナが使えばいい。僕にはなにもできないから、ここで黙ってじっとしているのも仕方ないって」

そう、僕は全部諦めたんだ。

姉さんを超えることも。

みんなを助けることも。

だから僕はもう戦えない。

生きることさえ億劫だった……。

「それで逃げたの？」

問われた僕は、唇を震わせながら言い返す。

「だって僕はなにも知らなかったんだ。カリナのことも、ギニアスたちの覚悟も。僕だけはなにも知らなくて……。結局僕はちっぽけなガキで、どうしようもないほど無力で……死ぬ気で、いくら頑張ったって、特別になんかなれない。僕が足を引っ張って誰かを犠牲にするだけで……だったら逃げるしかないじゃないか！」

頑張っても報われないどころか、僕のせいで犠牲が出た。だったら僕はもう頑張れない。頑張りたくもない……。

世界の片隅でじっとして、ただ僕の物語が終わりを告げるのを待つだけでいい。

「あなた自身がそこまで言うなら、それでもいいんじゃない？」

訴えるような僕の瞳を整然と見つめ返しながら、ロゼは「けどね」と続ける。

「逃げたら、もう会えなくなるわよ」

誰に、とは言わなかった。言う必要もなかった。

僕の頭の中に、すぐに彼女のことが浮かんでいたから。

ゆっくりと僕は首を振る。

「それも……仕方ないよ。だってカリナは星屑獣で、古式一等星輝剣の、カノープスの使い手で……僕とは全然違うんだから……」

「だからどうしたっていうのよ。あなたが昨晩カリナを引きとめようとした手。あの伸ばした手に込められたものは、あなたにとって仕方ないで済ませられるものなの？」

「…………」

問われた僕は答えられない。

だってあの瞬間はもう過ぎ去ってしまったのだから。

考えても仕方のないこと。それで済ませられるはずなのに……。

気がつけば自然と拳を握っていた。

「たしかにカリナは星屑獣よ。それは紛れもない事実。けど真実はもう一つ。カリナは間違いなくあなたに惹かれていた」

「それは……」

カリナからも聞いた。だからって、僕にはもうどうしていいかわからない。

息を呑んで言葉を探しあぐねる僕に、ロゼが問う。

「あの子が星屑獣だったらなに？　あなたがあの子に抱いた感情は、それは全部嘘だったの？」

トクン、と胸の内で脈打つ鼓動の音がした。

カリナの控えめな笑みも、優しい眼差しも、澄んだ声も、触れた指先の感触まで、僕の心に鮮明に焼きついている。

脈打ち生まれた熱が、徐々に波となって身体中を駆け巡る。火照る身体を掻きむしるように胸元を押さえ、僕はロゼを見上げた。

「嘘、なんかじゃない……でも、僕は姉さんやギニアスみたいに特別じゃないから……カリナと一緒には……」

「誰だって他人にはなれないし、他人も誰かにはなれないわよ。今のあなたが抱えている気持ちはあなただけのもの。だったら、あなたにしかできないことがあるはずでしょ」

「僕にしかできない……」

「あなたが今、一番やりたいことはなに？」

真っ先に頭の中に思い浮かんだ光景。

昨晩、僕が伸ばした手はカリナに届かなくて……そのことを、僕は後悔したんだ。

もう一度、彼女に手を伸ばせるのなら。

けれどこんなちっぽけな感情に身を任せていいのだろうか。

戸惑う僕に、ロゼはニコリと微笑を浮かべながら言い放つ。

「どんなに嘘ついたってね、自分の心だけは騙せないの。その気持ちは誰でもないあなただけのものよ。だったら周りのことなんか気にせずやりたいことをやりなさい。それが、精一杯生きるってことよ」

ちっぽけな感情のはずなのに、身体が熱い。

じっとしていられないほどの衝動に駆られる。

腹の底から沸きあがる奔流に従い、僕は部屋を飛び出した。

アクイラを飛び出した僕は、無我夢中で走っていた。

カリナたちのいる落下予測地点は、それほど離れていない。

視線の先の空で、いくつもの赤い火球が流れていた。

星屑獣たちが降ってきたのだ。

その中心である一際大きな塊に、僕は唖然とした。

「なんだよ……あれ……」

その大きさよりも輝きの強さに目が眩む。強烈な輝きを放つ塊は、まるで小さな太陽が落ちてきたみたいだ。

あれが、マグニチュード【－】クラス。

落下の衝撃で轟音と砂塵が巻き起こり、島全体が揺れていた。落ちてきた巨大な星屑獣は、蕾が花開くように丸くなっていた体躯を広げる。長い胴体から無数の脚を伸ばしたその姿は、さながら星浮島に根を生やした巨大な樹木のようだ。周囲に落ちた他の星屑獣たちも蠢くように活動をはじめるが、それらと比較してもマグニチュード【－】クラスの星屑獣が放つ光は圧倒的だった。

あまりの眩さに目を奪われていた僕は、近くに落下した星屑獣がすぐそばまで迫っているのに気づくのが遅れてしまう。

ただならぬ気配を感じて振り向いたときには、僕を喰いちぎろうとする星屑獣の牙が目と鼻の先にあり、

「リュート、離れていて。危ないから」

疾風のようにカリナが現れ、眼前の星屑獣を斬り裂いていた。

突然のことに思考がついてこず、探し求めていたカリナが目の前にいるというのに言葉が出てこない。

そんな僕をカリナは無表情で一瞥しただけだった。その顔から感情は読み取れない。ただ視線は前へ、巨大な星屑獣を見据えている。

「あ、あんなの……倒せるの？」

思わず僕の口からは、伝えたいこととは別の言葉が漏れた。

「今ならまだ、どうにか倒せるかも。でもあれが完全に起きたら、たぶん私でも止められない。その前に勝負をつけなきゃ」

ぐっと彼女はカノープスを握り締め、戦いに身を投じようとする。

違うんだ。僕がカリナに言いたかったことはこんなことじゃない。集中している彼女の邪魔をするみたいで躊躇ってしまうけど……でもいま言わなきゃ一生後悔するような気がして、僕は叫ぶように呼び止めた。

「カリナ！」

少し驚いた顔で、彼女が振り向いた。

「あの、僕は……ちっぽけで、弱くて、情けないけど……」

違う。言いたかったことはこんなことじゃない。

昨晩、僕は彼女に嫌なことを言ってしまった。彼女の心の中で大事にしていた、綺麗な思い出だったものを、汚してしまった。

あれだけは一秒でも速く訂正しなきゃいけない。

「昨日は、その……」

「その話はもういいかな。大丈夫、ちゃんと守るから」

寂しげな顔をした彼女は、僕の視線を振り払うように飛び出した。

星屑獣がひしめく中をカリナは一直線に突っ切っていく。僕の瞳では捉えられないほどの速さで白銀が踊り、次々と星屑獣たちが崩れ落ちていった。

他にもいくつか、星屑獣の放つものとは違う輝きがチラチラと視界に映る。おそらくあれはギニアスたちが戦っているのだろう。

僕には見守ることしかできなくて、歯がゆい想いを抱えながら唇を噛み締める。

星屑獣の群れの中心部までたどり着いたカリナは、巨木のような星屑獣に向かってカノープスを振り上げ——直後、カリナの右腕が切断された。

淡い光を放つカノープスが回転しながら宙を舞い、摑んだ右腕もろとも星屑獣に飲み込まれた。星屑獣の鋭い脚が鎌のように唸り、一瞬にしてカリナの腕を刈り取ったのだ。

さらには右腕を再生させようとカリナの動きがわずかに止まると、間髪入れずに星屑獣は無数の脚を突き立て彼女の身体を串刺しにする。

そのまま大口を開けた星屑獣の臓腑へと、カリナは落ちていってしまった。

「……カリナ……カリナァァァッ！」

目に映る光景に叫ばずにはいられなかった。

肺の中を空っぽにして叫ぶこの声は、もう届いていないかもしれない。

だったら聞こえるところまで行かないと……。

まだ伝えられていないんだ。僕の気持ちを。

僕が弱いばかりに、心にもないことを言ってしまった。

昨日はひどいこと言ってごめん、って。

あれは僕の本心じゃないんだ、って。

僕もカリナに会えてよかった、って。

それだけは伝えなきゃいけないのに。

胸に渦巻く焦燥が僕の身体を動かす。カリナを喰った星屑獣は全身の輝きを増大させているけれど、構わず僕は星屑獣を目指して——、

「なんでここにいやがる！　とっとと下がれバカが！」

怒鳴り声とともに誰かに掴まれ、ものすごい力で引っ張られた。

直後に巨大な星屑獣が光を解き放った。

大気がびりびりと震えて津波のような衝撃波が広がっていき、星屑獣を中心にして大地が

抉り取られていった。

なにが起こっているのか正直わからない。わかるのは引っ張られて息が詰まる僕の視界から、カリナを喰った星屑獣が遠ざかっているということだけだった。

巻き上がる砂塵の中で咆哮をあげる巨大な星屑獣の口が、まるで凄絶な笑みを浮かべているように見えた。

「──以上。【－】クラスの星屑獣はいまだ健在だ」

　落下してきた特大級の星屑獣を撃退するという作戦が失敗に終わり、一時撤退を余儀なくされたギニアス・ライオネルは、アクイラの自室に備え付けてある通信機にて司令部へ状況の報告をした。

『そうか。カリナとカノープスを失ったか』

　言葉の内容とは裏腹に通信機越しの司令補佐官クーマンの口調に動揺は感じられない。

　その淡々とした口調にギニアスは苛立ちを覚える。

「悪かったな。減給でも降格でも好きにしてくれよ」

『相手はマグニチュード【－】クラスの星屑獣だ。必ずしも倒せる保証などないことくらいこちらも理解している。状況は悪化したがまだ最悪ではない。お前とアルタイルが無事であるなら、まだ天はこちらを見捨てていないということだ』

　返答に、ギニアスはギリッと奥歯を噛み締めた。

　彼らは最初からギニアスたちが失敗することも想定していたのだ。司令部としては二重三重に策を用意して万全を期すのは当然だろうが、命がけで作戦を実行する側であるギニアスとしては気に喰わなかった。

「カリナを失ったんだ。『新生星浮島計画』のほうも台無しになったんだぞ」

『今は考えるな。人類の住める場所がなくなるなど、ずっと先の話だ。それよりも目の前の脅威をどうするかだ。それで、その後の星屑獣の様子は？』

「俺たちが退いた後はおとなしくしているな。カリナを食って腹でも壊したか、じっと動かずぽこぽこ幼生体を増やしてやがる」

『ふむ、幼生体に羽が生えて他の島に移られたら厄介だな』

「その気配は今のところないな。近くに喰えそうな人間の輝きがないから、その次に近くにある輝き……やつらが喰おうと狙っているのはあの島の星核だろうな。母体が動きを止めたところからも近いし、地中にある星核の正確な位置を見つけるために幼生体を増やしてるのかもしれねぇ」

『母体である星屑獣に羽は？』

「それらしきものは見当たらなかった。あの巨体でまともに飛べるか疑問だが、島の星核まで喰ったら変異するかもわからねぇ」

『そうか。ならば早いうちに手を打つべきだな』

　質問から司令部がなにを気にしているかはおおよそ見当がつく。焦れったくなったギニアスは強引に先を促した。

「どうせもう次の作戦も決まってるんだろ。早く言えよ。この状況で打てる策なんてそう何個もねぇはずだ」

　わずかな沈黙の後、通信機越しに小さく息を吐く気配がした。

『……司令部としては【－】クラスの星屑獣が他の島に飛び移ることだけはなんとしても防ぎたい。よって東部第24星浮島の星核を破壊し、星屑獣を星浮島もろとも地上に落とせ』

「やっぱりそうなるか」

『すまないな。またお前に星浮島の一つを落とす役目を背負わせてしまうことになる。だがこれは強大な星屑獣から人々を守るためだと、我々司令部の判断であると今度はしっかりと世間に伝え、お前だけが非難されるような事態は避けるべく――』

「いらねぇよ。星屑獣を俺が倒せなかった。その事実は変わらねぇんだ」

　遮るようにギニアスは言った。

　力不足はギニアス自身が一番痛感している。三年前から胸の奥に深く刻まれた痛みは、おそらく二度と消えることのない痛みだ。この痛みに比べれば見ず知らずの人間の誹謗や中傷などさして気にはならなかったし、周囲の余計な気遣いはかえって鬱陶しいくらいだった。

『……ならば命令だ。ギニアスたち第二特務隊は【－】クラスの星屑獣が島の星核を喰う前にこれを破壊。落下する星浮島から速やかに離脱しろ。困難な作戦だろうがお前とアルタイルはこれからも星浮島を守るのに必要な戦力だ。必ず生きて帰ってこい』

「おっさんに言われても嬉しくねぇな」

通信を切り、ギニアスは深く息を吐き出す。

胸を蝕む鈍色の痛みは、司令部から命じられた星浮島を落とすことに対してではなかった。

カリナを、大事な仲間を失ったのだ。

当初は司令部から押し付けられた人型星屑獣だったが、悪いやつではなかった。性格はおとなしくて、根は素直。たまに突飛な行動もするが、人間とは違う別の動物だと思えば、そんなものだろうと思えた。彼女が生体兵器であり、いずれ人類のために犠牲になる存在だということは理解している。だが何度も一緒に戦ってきた仲間であることに変わりはなかった。

仮になにかのきっかけで人間に敵意を向けたならば、ギニアスが討たねばならない。その覚悟は持っていたが、まさかこんな形で決別するとは思っていなかった。

これもまた己の力不足が招いたことだと、ギニアスは唇を噛み締める。

それでもギニアスには無力を嘆く時間も、悲しむ時間もありはしない。

星屑獣に喰われたカリナが生存している可能性など皆無だろう。星屑獣ごと星浮島を落とすという司令部の判断は間違いではない。空から襲い来る星屑獣による被害を最小限に。星浮島にいる多くの人々を生かすために。

古式一等星輝剣アルタイルの使い手として、ギニアスは戦わねばならない。これまでも、これからも……。

だが、心の片隅でかすかに思ってしまう。

もしもあのとき、カリナにもっと気を配っていれば失うことは避けられたのではないか。

もしもギニアスにもっと力があって【－】クラスの星屑獣を倒せていればこんなことにはならなかったのではないか。

もしも――、

「三年前も今回も、お前ならどうにかできたのか……なあ、ヒナよ」

問いかけに答えが返ってくるはずもない。ギニアスは苦笑し、壁に立てかけたアルタイルを手にとり部屋を出た。

通路を歩きながらよぎる、忘れもしないヒナと初めて会った訓練生時代。

ギニアスが同年代に遅れを取ったのは初めてだった。その人物が女性であることを知りギニアスはことさら大きな衝撃を受けた。

初めてライバルという存在を認識した。彼女は自分が超えなければいけないのだと心の中で誓い、ギニアスは努力し続けた。

そんなギニアスを嘲笑うかのように、彼女は常にギニアスの先をいった。彼女が英雄と呼ばれるまでに、それほど時間はかからなかった。

そしてヒナは突然いなくなった。

追いつくどころか、その背は見えないところへ行ってしまった。

かつてヒナが愛用していた古式一等星輝剣アルタイルはギニアスへと引き継がれた。

かつてヒナが率いた第二特務隊の隊長にも任命された。

けれどヒナと肩を並べた気は、今もしないままだった。

だがギニアスは迷いも後悔も決して表には出さない。冷静沈着に、何事にも動じず、与えられた任務を全うする。それが隊員の命を預かる隊長としてのギニアスの責務である。

ブリッジの扉を前にしたギニアスの顔はすでに引き締められていた。

扉を開きブリッジへ入ると、多くの隊員が思い思いの表情でギニアスを見た。司令部がどう判断を下したのか、皆気になっているのだろう。

今回の星屑獣はカリナのカノープスとギニアスのアルタイルという、二つの古式一等星輝剣で迎え討ち、それでも倒せなかったのだ。おそらく彼らも状況は薄々察しているはずだった。

あとはギニアスが伝えるだけだ。

ゆっくりと息を吸い、ギニアスは口を開く。

「司令部からの作戦を伝える。星屑獣の動きが止まっているのは都合がいい。星屑獣ごと星浮島を落とせ、だそうだ。お前ら、覚悟はいいな」

人類の住める限られた大地である星浮島を落とす。その汚名を被る決断を告げる。

彼らもそれを受け入れて――、

「よくないよ！」

直後に聞き覚えのある声がギニアスの耳を突いた。

☆　☆　☆

僕を見るなり、ギニアスは露骨に眉間にしわを寄せた。

「……てめぇ、なんのつもりだ？」

鋭い眼光が僕に突き刺さる。

大きく息を吸った僕は、真っ直ぐにギニアスを見返した。

「頼みがあってきたんだ。僕に、カリナを助けに行かせて欲しい」

途端にギニアスは周囲に向かって声を張り上げる。

「おい、誰かこいつをつまみだせ。今はガキの相手してるほどヒマじゃねぇんだよ。どうせ失敗したら誰かのせいにして言い訳重ねて逃げるんだろうが」

「もう、逃げないよ」

「なに？」

ピクリとギニアスの眉が動いた。

決めたんだ。もう逃げない。僕は、僕に起こったすべてを受け入れる。

「ディンは僕のせいで死んだ。それは紛れもない事実だ。謝って済むことじゃないけど……ごめん」

責任をとることはできないけれど、けじめとして僕は頭を下げた。

　頭上から険を含んだギニアスの声が降り注ぐ。

「それが本気で身に染みているならわかるはずだ。邪魔だからてめぇはすっこんでな」

　状況がそれだけ切羽詰まっているのだろう。ヒリつく空気を肌で感じる。

　けれど、もう逃げないと決めたからこそ、引き下がる気はない。顔を上げた僕はその場から一歩も動かなかった。すべてを受け入れたのは、僕が前に進むためだ。

「姉さんも、ディンも……僕のせいで死んだんだ。心にぽっかり穴が開いたみたいで、きっとこの穴は一生埋まらない。忘れることなんてできない。本気で身に染みているから……カリナまで失うわけにはいかないんだ！」

　胸の内で生まれた熱が教えてくれる。ここで引き下がったら、きっと一生後悔する。一寸先が闇の、世界の果てまで後退るのと変わらない。だから絶対に退くわけにはいかないんだ。

　思いの丈を叫ぶ僕を、ギニアスは冷ややかな眼差しで一瞥した。

「てめぇが喚こうが、あいつはもう星屑獣に喰われちまったんだ」

「まだカリナは生きてるよ」

「なに？」

　眉をひそめるギニアスに、僕は腕に抱えていた星輝剣を突きつけた。失ったカノープスじゃない、もともとは姉さんの慰霊碑にあったあの星輝剣だ。

「昨日カリナが使っていた星輝剣から、カリナを感じる。まだカリナの輝きが残っているんだ」

「星輝剣に使い手の魂の輝きが残るだと？　んなわけあるかよ。てめぇの思い込みだろ」

「微かだけど、間違いないよ」

「寄越せ」

　星輝剣を奪ったギニアスはしばし目を閉じ、

「……俺にはなにも感じられねぇな」

　手を離すとがしゃんと音をたてて星輝剣が床に倒れた。

　決して思い込みや嘘を言ったわけじゃない。たしかに僕の心は、カリナの輝きを感じたんだ。

睨むようなギニアスの視線から、目を逸らさずに僕は言う。

「でも僕にはわかる。カリナを喰った星屑獣の動きが止まっているのなら、それはきっとカリナのおかげだ。カリナはまだあそこにいるんだ。なら、助けないと――」

「てめぇも見ただろうが。カリナを喰った星屑獣だけじゃない。他にも星屑獣はうじゃうじゃいるんだ。あの【－】クラスの星屑獣の動きが止まったことで他の星屑獣もおとなしくしてるが、刺激を与えればすぐにでも活動を再開するぞ」

「それでも――」

「仮にカリナの良心があの星屑獣の動きを止めているんだとしたらな、それは自分ごとやれってことだ。あいつが、それを望んでいるんだ」

苛立たしげに捲し立ててくるギニアスに効果的な反論なんて思いつかない。きっとギニアスの言うことは正しいのだ……。

だからって、僕は自分が間違っているなんて微塵も思わない。

いくらでも、何度でも、僕は言い続ける。

「それでもだ。僕はカリナを助けに行かないと」

僕の心がそう叫んでいる。

脈打つ鼓動が、胸の痛みが、カリナを助けたがっているんだ。

だけどギニアスは冷徹な瞳で僕を見据えて首を振った。

「諦めろ。それがこの星浮島を、この空の上に住む人間を守る方法なんだ」

「嫌だね。死んでも諦めてやるもんか。僕をカリナのところへ連れていってよ」

「行ってどうする？　てめぇも喰われる気か？」

「だから、僕が助けてみせるって言ってるんだよ」

「もとはといえば、てめぇのせいでカリナが喰われたんだろうが。あいつがてめぇを守ろうとした気持ちを無駄にする気か？」

「無駄だって、勝手に決めつけないでよ！　そんなこと言うなら、僕がカリナを助けたい気持ちを無駄にするなよ！」

やっぱり、あのときカリナは僕を助けてくれたんだ。だったら今度は僕が助けないと。僕はカリナにもらってばかりで、まだなにも返せていないのだから。

ぎゅっと拳を握り締める僕にむかって、ギニアスはとても低い、威圧感の滲む声で言う。

「おい、ガキ……今の俺は加減がわからねぇ。二度はないぞ。出て行け」

「嫌だ」

怒鳴られるのも殴られるのも覚悟の上で、僕はギニアスを睨み返す。

互いに退く気のない平行線のやりとりに、ふと別の声が割り込んだ。

「そんなに邪険にしなくたって、理由くらい聞いてあげてもいいじゃない」

僕らの言い合いをずっと眺めていたロゼだった。

舌打ちとともにギニアスは顔を歪める。

「ちっ……ロゼ、てめぇか。このガキを連れ戻したのは。おかげで面倒なことに――」

「違うよ。誰かに連れてこられたんじゃない。僕が自分の意志で、自分の足でここに立っているんだ」

遮るように、僕は毅然と言い放った。

「見ろ。変に肩入れするからガキがよく考えもしねぇで突っ走るんだ。理由なんて、どうせカリナに惚れたからとか、くだらねぇ理由だろ」

「そうだよ。僕はカリナが好きなんだ」

ぽかんとギニアスが固まった。

ギニアスだけじゃない、みんながギョッとしたような顔で僕を見ていた。

しんと辺りに静寂が訪れる。きっと星屑獣と同種の生体兵器を好きだなんて、頭がおかしいと思われているのだろう。

でも、繋いだカリナの手は温かかったんだ。

どうせ僕は、弱くて情けなくて、一度は逃げ出してしまった卑怯な男だ。姉さんのような、誰もが憧れるかっこいい英雄になることも無理だとわかってしまった。だったらもう、誰になんと思われようと構わない。

彼女を想って胸の内から溢れるものを、僕はどうにか言葉に変えた。

「最後に見たカリナの顔はさ、泣きそうなくらい寂しそうだったんだ……好きな女の子がそんな悲しそうな顔をしてたら、助けてあげたい。もう一度会いたい、声が聞きたい、ちゃんと笑顔が見たい。だって、僕は男なんだよ……好きな女の子のために、なにかしてあげたい。その想いだけで動いて、なにが悪いんだよ！」

静かな世界に、僕の声だけがやけに大きく聞こえた。

興奮して身体が火照っている。熱くなった血が脈打っていて、荒い呼吸に肺が酸素を求めている。この胸の痛みも苦しみも、全部生きている証だ。

唖然とした顔で聞いていたギニアスは、やがて小さく息を吐き、

「ふん、男の顔になったな……なんて言うと思ったか、このクソガキがぁ！」

頭に強い衝撃が襲い掛かった。

ギニアスに殴られたのだ。

ぐらぐらと揺れる脳に怒声が響く。

「てめぇのわがままがどれだけ迷惑かわかってんのか。てめぇが好きな女と心中したいから、他の邪魔な星屑獣の相手を俺たちにしろってのか？　てめぇ一人が死ぬならそれでもいいがな、ここにいる連中だけじゃない、星浮島に住む人間全員が死ぬかもしれねぇんだぞ！　そんなことすら理解できないから、ガキは嫌いなんだ！」

ぐっと踏みとどまった僕は、怯むことなく顔を上げた。

「好きな女の子を諦めるのが大人だって言うなら、僕は一生ガキのままでいいよ！　だからお願いだ。僕をカリナのところまで連れて行ってよ！　ギニアスたちならできるだろ！」

瞳に強い意志を込めて叫ぶ。

眉間に深いしわを寄せ、ギニアスは周囲に促した。

「話が通じねぇな。おい、手伝え。こいつをつまみ出すぞ」

「頼みを聞いてくれるまで、出て行くもんかぁ！」

気を吐きながら僕はギニアスの腰に肩からぶつかった。

たまらずギニアスが尻餅をつく。勢いのまま僕は馬乗りになってギニアスの顔を力いっぱい殴った。直後にギロリと殺気のこもった瞳で睨まれ、髪を摑まれて思い切り殴り返された。のけぞる僕の下からギニアスは抜け出そうとするが、僕はがむしゃらにギニアスを押さえつけようとして、摑み合いながら僕ら二人は無様に床を転がり続ける。

「クソがぁ。おい！　聞こえねぇのか、手伝えレイン！」

力任せに僕を引き剝がしながら、ギニアスが近くにいたレインに声を飛ばす。けれど、

「あたしは……キレてるそいつの相手をするのは面倒だって身に染みているので……」

僕らを見下ろしたまま、戸惑うようにレインは立ち尽くしていた。

「ああ？　だったらグアルデ！　命令だ！」

「えっと、ぼ、ぼくも、ちょっと……」

「クロップでもいい！」

「ごめーん。今ちょっと手が離せないかな」

みっともない僕らの争いに介入するのを躊躇う声が次々と聞こえた。誰も僕らを止めようとはしない。それどころかロゼなんかは傍観を決め込んで、薄い笑みを浮かべて言った。

「いいじゃない。加減がわからないなら、とことんやりあえば」

「てめぇら、揃いも揃ってなに考えて……ああ、うざってぇな！」

力任せに僕を床に押し付けたギニアスの膝が、僕の脇腹に入った。「うぐっ⁉」と身体をくの字に呻く僕の眼前でギニアスは素早く立ち上がり、つま先で脇腹の同じ箇所を蹴り上げた。

悶絶して床を転がる僕はさながら芋虫のようだろう。

情けない、醜い僕を見下ろしてギニアスは、

「ったく、はた迷惑なこんなガキ、捨ててやる！」

乱暴に僕の襟首を摑んで引き摺ろうとする。

「ま、待って……ギニアスは、ほ、本当にそれでいいの？」

ふいに呼び止めたのはグアルデだった。

いつもは控えめなグアルデの制止に、ギニアスが眉をひそめる。

「どういう意味だ？」

一度目を閉じ小さく息を吸ってから、グアルデは言った。

「ぼ、僕は、ギニアスが凄いのも、いつも一生懸命やってるのも知ってるよ」

「あ？」

「でも世間では、三年前に失態を犯した、ダメな隊長だ……僕らはダメな隊だ」

「そんなの今は関係ねぇだろ。こいつのわがままに付き合ってるヒマは――」

「リュートはさ、多分そこまでわがままだって思ってないよ。ギニアスと僕らなら、星屑獣の相手しながらカリナのもとまで連れてってくれる、って……それくらいはできる、って本気で思ってるよ。でなきゃ、こんなに頼まないよね」

襟首を摑んでいた力がわずかに緩くなる。「けほっ」と咳き込む僕を、ギニアスが見下ろし

ていた。

「連れていったところでこのガキがカリナを救い出せるなんて保証は——」

「そうねぇ。これだけ信じているガキんちょに必死に頼まれて、『できません』って、それはいくらなんでもかっこ悪すぎじゃない？」

せせら笑うようなロゼの声がした。

二人に感謝の念を送りながら、でもそれではダメだと僕は頭を振って立ち上がる。

これは僕の個人的な頼みだから、すべての責任は僕が引き受けなきゃいけない。

ダメで、みっともなくて、情けなくてもいい。僕がギニアスを動かさなきゃいけないんだ。

「あの星屑獣の中でカリナが生きているなら、僕が行けばきっとカリナは応えてくれる。保証はないけど……でも可能性があるのに目を背けていたら、きっと何も掴めない」

「………」

まだ殴られた頭はクラクラするし、蹴られた脇腹は内臓が飛び出してきそうなくらい鈍い痛みを抱えている。

それでもギニアスを真っ直ぐに見つめていられるのは、僕がもっとつらい痛みを、消えない後悔を知っているからだ。

「お願いだよ……姉さんに、ディンに、誇れる自分になりたいんだ。命を救ってもらった僕は、好きな女の子のために命がけで戦ったんだ、って。そうすればこんなちっぽけな僕でも、少しは胸を張れる気がするんだ」

多くの人を救う英雄にはなれなくても、たった一人の女の子くらいは救いたい。それすらできないなんて……二人が助けた命に意味がなかったなんて、そんなの僕は認めない。絶対に認めてはいけないんだ。

しばしの静寂の後、

「クソガキが……足手まといのてめぇはお荷物なんだよ。わかったら二度と喋るな」

吐き捨てるようにギニアスは言った。

☆　☆　☆

「見えてきたな」

バイクを走らせながら前方の光り輝く大地を視界に捉え、ギニアスは乾いた唇を湿らせた。

背後の様子を気にしつつ、アクセルを回す。さらに後方には二台のバイクがついてきており、彼らは荒れた地面を跳ねるように進んでいた。

大地が輝いているように見えるのは、星屑獣の結晶甲殻が日の光を反射しているからだ。見渡す一帯が輝いて見えるほど、無数の星屑獣に覆われていた。

「あれ全部……星屑獣ですか？」

斜め後方を走るレインが呟く。

「幼生体が、ほ、ほとんどだから結晶甲殻はそれほど硬くないと思う。か、囲まれるのだけ気をつけて」

落ち着かせるようにグアルデが言う。

『あの中心のデカイ星屑獣一体から溢れているんでしょ？　動きを止めているのは幼生体を効率よく増やすためかしら？　産卵なのか細胞分裂による増殖なのか、間近で観察してみたいわ』

耳の小型通信機からロゼの声がした。

「調べている時間はねぇよ。お前ら、作戦は覚えているな。うじゃうじゃいる幼生体を相手にする必要はない。こいつらを突っ切って俺らは島の星核を目指すぞ」

後方のレインとグアルデが頷くのを確認してから、ギニアスは加速した。

前方の大地の輝き──星屑獣の群れがみるみる近づいてきて、

「クロップ、やれ！」

『オーケー。砲撃開始！　着弾まで3、2、1──』

直後に轟音。

アクイラから放たれた砲撃が前方の星屑獣の密集地帯に直撃した。

無論、通常火薬兵器では星屑獣の結晶甲殻を砕くことはできない。だが高火力の弾頭が生み出す爆風と衝撃に幼生体の体軀は容易く吹き飛ばされて、星屑獣の密集地帯だった場所に風穴を開ける。

「速度を落とすな。止まった瞬間に喰いつかれるぞ！」

叫びながらギニアスは先頭をひた走り、星屑獣で溢れた一帯を突っ切っていく。ときおり道を塞ぐ星屑獣を蹴散らしながら後方を確認すると、グアルデとレインの二人もしっかり後ろについてきていた。

やがて目標の場所に到達したギニアスは土煙を上げながら荒々しくバイクを止め、地面を抉るように豪快にアルタイルを振るった。

斬撃により地面に一本、深い線が刻まれる。

「ほらよ、てめぇらが探しているのはこいつだろ？」

地面の裂け目からわずかに淡い光が漏れていた。

この大地を空に浮かせている力の源である、星浮島の星核。

漏れ出た光はわずかでも、その光の先になにがあるのかわかるのだろう。砲撃により散り散りになった星屑獣たちが、一斉に同じ場所を目指し始めた。

「星核がむき出しになったことで星屑獣が一気にこっちに押し寄せてきましたよ」

「わかってる。集中してるから、そう焦らせるなよ」

心配そうな声をあげるレインを横目に、ギニアスはゆっくりと息を吐き出し手にしたアルタイルに意識を集中させていく。同調によりアルタイルと一体になる感覚。刀身に己の魂の輝きを注ぐ。アルタイルが一際大きな光を溜めこんだところでギニアスは顔を上げ、

「いくぜ、アルタイル。お前の力を、輝きを、存分に見せてやれ！」

放たれた斬撃は地平の果てまで飛んでいくような強烈な一閃。狙いは星浮島の星核ではない。ここまで引き連れてきた群がる星屑獣の波を切り裂き、目の前に一筋の道を作った。

首だけ回して振り返ったギニアスは、さきほどまでバイクの背にしがみついていたお荷物に声をかける。

「道は作った……行けよ」

「ありがとう。ギニアス」

「あ？　てめぇは二度と喋るなっつっただろうが」

素直な感謝の言葉がリュートから返ってきて、ギニアスは露骨に顔をしかめた。

「お礼くらいは言わせてよ」

「黙れ……俺はてめぇが嫌いだ。どうしてか、わかるか？」

「僕がガキだからでしょ？」

「てめぇが周りに迷惑ばっかりかける、わがままなクソガキだからだよ」

「でも、嫌いなのに協力してくれた」

「……てめぇがあまりにしつこくてうんざりしたんだよ。黙らせるためにガキのワガママ一つ

くらい聞いてやるのが、大人ってもんだろうが」

「そうなの？」

　悪気のないリュートの表情に、ギニアスは苛立たしげに声を荒らげる。

「うるせぇ！　こうでもしねぇと、俺のカッコがつかねぇんだよ！」

「えっと……なんかごめん」

「ちっ、思ってもいねぇのに謝るんじゃねぇよ。クソガキが……。ほら、せっかく作った道が塞がるぞ。とっとと行けよ」

　悪態を吐きながらギニアスはくいっと顎で前方を指し示す。

「ほんとバカな男ね。全部終わったら今度ゴハン奢りなさいよ」

　呆れた顔のレインが見送り、

「が、がんばれ。男を見せるときだよ」

　グアルデがそっと背中を押した。

「うん、必ずカリナを救い出すよ」

　バイクに跨るリュートはアクセルを回して勢いよく飛び出す。猛烈な速度で真っ直ぐに特大級の星屑獣へ――愛する者のもとへと向かっていった。

「ったく、よく考えもしねぇで『必ず』なんて言えちまう……そういう向こう見ずでバカなところが、むかつくんだよ」

遠ざかる小さな背中を見つめながらギニアスはぼそりと呟く。

ほとんどの星屑獣は群集を突っ切るリュートを気にも留めない。島の星核とギニアスの手にしたアルタイル。二つの輝きに引き寄せられていた。

「それにしても意外でした。隊長が本気でリュートに賭けるなんて」

興味深そうな眼差しをレインから向けられて、ギニアスは「フン」と小さく鼻を鳴らす。

「カリナを喰った直後の星屑獣の衝撃波。全方向への攻撃だったが、不自然に一方向だけ威力が弱かった。俺とあのクソガキのいた方向だ。一応データで確認もとれた」

通信機越しにクロップからも補足が入る。

『そうだね、地面の削れ具合から見ても間違いないよ』

「おまけにカリナを喰ってあの星屑獣の動きが止まったのも事実だ。むかつくがクソガキの言う通り、カリナがあの星屑獣の中で抵抗している可能性は否定できねぇ」

「それでもこの島を落とした方が、確実に星屑獣の脅威は排除できますよね？」

怪訝な顔をするレインに、ギニアスは告げる。

「カリナは『新生星浮島計画』に必要な存在だ。島一つ落として目先の脅威を確実に排除するよりも、人類のこの先のことを考えてリスクをとってでもこれが最善だと判断した」

「じゃあ、そういうことにしておきますね」

どこか含みをもったレインの表情に、ギニアスはたまらず言い返した。

「言うじゃねぇか。お前があいつの味方をしたことの方が、俺には意外だったけどな。もっと保守的で命令に従順なやつかと思ってたぜ。あいつに惚れたか？」

「バ、バカ言わないでください！　あたしはただ、あいつがどこまでいけるのか見たかっただけです。それにグアルデさんやみんなだって同じだったじゃないですか」

顔を紅潮させたレインは慌ててグアルデに振る。

「ぼ、僕はリュートの真っ直ぐなとこ、嫌いじゃないから。ギニアスの汚名を返上できるチャンスだと思ったし。そ、それに結局引き受けるギニアスは、やっぱりカッコイイよ」

『そうそう。それでこそ僕らの隊長様だよねぇ』

「うるせぇ！　てめぇら全員クソガキの肩持ちやがって。あそこで俺だけ反対し続けたら、俺だけガキみてぇじゃねぇか」

『まあ似たり寄ったりじゃないの』

ダメ押しのロゼの声に、ギニアスは諦めたように嘆息した。

島の星核とアルタイルの輝きで他の星屑獣を引き寄せつつ、動きの遅い【－】クラスの星屑獣からは距離をとる。あとは手薄になった【－】クラスの星屑獣に接触したリュートがカリナを救い出す。第二特務隊の全員が同意の上で、この無謀な作戦を実行することに決まった。

押し寄せる星屑獣の大群を前にギニアスは苦笑する。

「ったく……お前ら、たっぷり引きつけたおかげで逃げ場はねぇぞ。覚悟はいいな」

星輝剣を構えるレインとグアルデが静かに頷いたのを確認し、ギニアスは星屑獣の大群へと駆け出した。

煌々と輝く古式一等星輝剣アルタイルを握り締め、まだ星屑獣まで距離があるにも関わらずギニアスは思い切り腕を振るう。刀身に満ちていた輝きが衝撃波となって放たれ、前面の星屑獣たちを飲み込んだ。

先頭を走る星屑獣たちは斬り裂かれ、その死骸が障害物となって星屑獣たちの勢いがわずかに鈍る。密集する星屑獣たちの群れにギニアスは飛び込んだ。

ぶうんと円を描くようにアルタイルを振り、近くにいた星屑獣の多脚を次々と斬り落とす。それでも向かってくる星屑獣の爪を避け、すれ違いざまに星核を破壊する。別の星屑獣が飛び掛かってくるが、星屑獣が着地するより早く、ギニアスは手にしたアルタイルで星屑獣の体軀を八分割に斬り刻んだ。

間髪入れずに突進してきた星屑獣の攻撃を、腹の下に滑り込むようにして避ける。勢いそのままにアルタイルでがら空きの腹を斬りつける。崩れる星屑獣の下から即座に抜け出て、立ち上がる動作の間にすぐそばにいた二体の星屑獣を斬り捨てた。

ギニアスの振るうアルタイルは星屑獣の結晶甲殻どころか、その奥にある星核すらも容易く斬り裂いていく。さながらギニアスは暴風となって星屑獣たちを蹴散らしていった。

それでもギニアス一人で止められる数ではない。何体もの星屑獣がギニアスの横を通りすぎて島の星核へとむかっていく。そちらに構っている余裕は微塵もなく、レインとグアルデを信じるしかなかった。

なにより星屑獣が強い輝きに引き寄せられるのならば、ギニアスは手にしたアルタイルでより強い輝きを放ち続け一人離れて戦ったほうが、二人に向かう星屑獣の数を減らせるという算段であった。

休むことなくギニアスが星屑獣を斬り続けていると、耳の小型通信機にノイズが走った。

『ギニアス！　なにをしている！』

聞き覚えのある声はクーマンだ。

「へぇ、耳の小型通信機でも拾えるってことは案外近くの空を飛んでいるのか？」

会話をしている間も当然星屑獣は迫ってくる。動きを止めずにギニアスは手にしたアルタイルで星屑獣を斬り裂いていく。

『この作戦に失敗は許されん。すべての星浮島の命運が掛かっているのだ。観測できる範囲にいるのは当たり前だ！　そんなことよりなぜ島の星核を破壊しない！』

「悪いが、ちょいと作戦変更だ」

相手が絶句するのが通信機越しでも気配でわかった。

『なっ……バカか！　これ以上失態を重ねるな！　カリナとカノープスを失った今、お前のアルタイルまで失うわけにはいかないんだ！』

「俺もそう思うが、バカがその失態を取り返してやる、って言ってるんだよ」

『カリナとカノープスを取り戻すだと……できるのか？』

「さあな。取り返すのは俺じゃねぇからわからねぇ」

『ふざけるな！』

怒声がギニアスの鼓膜を突いた。

クーマンの怒りはもっともだ。あまりに無謀な作戦だとギニアスも思う。

どうして島の星核を破壊して、島ごと星屑獣を地上に落とす堅実な作戦を選ばなかったのか。

どうして今、星屑獣の大群を相手に無駄な時間稼ぎとも取れる戦いをしているのか。

理由はわかっている。駆け巡る思考にギニアスは唇を嚙み締めた。

訓練生を経て星輝剣の使い手となり、ギニアスは数多の戦場を駆け抜けてきた。古式一等星輝剣アルタイルを受け継いでからも、英雄と呼ばれたヒナを追い続けて、慢心せずに努力し続けてきた。他の星輝剣の使い手とは比べ物にならないほど、多くの星屑獣を倒してきた自負もある。

だが、どれだけ必死にやってもヒナには届かない。

望んだすべてを救うことはできなかった。仲間を失うこともあった。貴重な星浮島を地上に落としたこともあった。

ギニアスにできることは限られていた。弱気な姿は表に出さないが、いつしか諦めにも似た思いが胸の内に生まれていたことは否定できない。

それでも古式一等星輝剣アルタイルの使い手として、自分にできることを精一杯やってきた。

そのはずだった……。

「ああ、本当にな。ふざけるなだよ、あのクソガキは……。だがな、あいつ自身はどこまでも本気なんだよ」

『……おい、まさかリュートのやつか？』

あのとき、決して引き下がらないリュートを見て思い出してしまった。

何年経ってもギニアスの脳裏にこびりついて消えない姿。

無茶な言動で周りを巻き込み、真っ直ぐ突き進むその引力に誰もが惹かれて、最後にはなぜか皆を納得させてしまう。なによりも眩しかった存在。

かつてのヒナと重なって見えてしまった。

気づいてしまっては、もう無視できない。

長らく忘れかけていたこの感情は、嫉妬だ。

バカみたいに真っ直ぐなところも、周りを巻き込みなぜか許されてしまうところも、その姿をほんの少しでも羨ましいと思ってしまった自分自身も、なにもかもが気に食わない。

普通ならば踏み出すのを躊躇するところを、諦めてしまうところを、彼らはこともなげに突き進んで、ギニアスを置き去りにする。

いつだって必死のギニアスを嘲笑うかのように。

この屈辱を受け入れるわけにはいかなかった。

荒い呼吸を整えながらギニアスは腕を持ち上げアルタイルを構える。次から次へと星屑獣は襲いかかってきて、さすがに疲労で身体が重くなり始めていた。

視線を前方へと向けると、明らかに幼生体ではない星屑獣が四体いる。【－】クラスの星屑獣と一緒に落ちてきた成体の星屑獣。輝きから推察するにマグニチュード0クラスに近いものがあるだろう。離れた場所で戦っているレインやグアルデのサポートは期待できない。

明らかな劣勢。引き際を考えるならば、体力の残っている今しかないだろう。

けれど瞼の裏にはかつて追いかけたあの姿がチラついていて、ギニアスは腹の底で燃え上がる感情を力に変えて駆け出した。

手ごろな幼生体を踏み台にして空高く跳躍。背にした陽光に負けないほどの輝きを放つアルタイルで成体の星屑獣の一体を両断する。崩れ落ちる星屑獣を尻目に着地したギニアスは、地面を抉るほどの力で蹴りつけ再び跳び上がる。ギニアスの素早い動きについてこられない星屑獣の側面から薙ぐようにアルタイルを振るうが、刀身が胴体にわずかに食い込んだところで止まってしまう。一気に力を解放しすぎてアルタイルの輝きが弱くなっていた。動きの止まったギニアスを星屑獣の爪が襲う。ギニアスはアルタイルを引き抜くために星屑獣の胴体を蹴り飛ばした反動で空中へと避け、身を捻りながら比較的結晶甲殻の柔らかい関節部を斬り裂く。

脚の一つを落とし、その断面から星屑獣の心臓部である星核へ、最短距離を刺し貫いた。

これまで数多の星屑獣と戦ってきた経験の為せる業である。

そのギニアスをもってして、残りの星屑獣の成体と、大地を埋め尽くさんばかりの幼生体の数は絶望的に思えた。

だがもはやギニアスの頭の中に『撤退』の二文字はない。

「俺だってできることをやってきたんだ。自分の力不足や失態が原因なら、どんな罵声も非難も受け入れてやる。その覚悟はできてた。だがな、思い出しちまったんだ。俺がはじめてカッコイイと思っちまったあいつは、ガキの本気を嘲笑って見て見ぬ振りをするような真似はしねぇんだよ。そんなあいつだから、俺は必ず超えてやると誓ったんだ……だからうぜぇしむかつくが、ガキの本気にこっちも本気で応えてやることにした。クソ真面目に作戦変更すると、俺が自分の意志で決めたんだ」

『説明しろ！　どういうことだ！』

「説明したって無駄だよ。いまさらなに言われようとな、一度やるって俺はもう決めちまったんだよ。だったら最後までやり通さねぇと……あの女なら、自分で決めたことはなにがあろうと絶対にやり通す」

『なにをわけのわからんことを言っている！』

「ほんとむかつく姉弟だ、って話だよ――っ⁉」

背後から忍び寄った一体に、わずかに反応が遅れてしまった。ギニアスを食い殺さんと無数の牙の生えた大口が眼前に開かれている。咄嗟に身体を傾け頭が喰われるのは回避するが、代償に右腕が挟み込まれ、

「あぁうざってぇなぁ！」

嚙みつかれた腕ごとギニアスは星屑獣の体軀を強靭な肉体と精神力で持ち上げ、強引に地面に叩きつけた。喰いこんだ牙が腕を大きく裂くが、わずかに緩んだ顎から腕を抜き、起き上がる前に星屑獣を斬り裂いた。

立ち上がって無理やりに星輝剣を構えたギニアスの腕を激痛が襲う。

「……上手くいくかはわからねぇ。無様に失敗するかもしれねぇ。けどな、泣きそうなガキに必死こいて頼まれちまったんだ。ガキの頼み一つ満足に応えられねぇなんて、そんなの認められるかよ。ああ本当に、ふざけんなだよ。ちくしょうがっ！」

『そんな理屈が通ると思っているのか！』

――ずっと追いかけ、走り続けてきた。

長年苦楽をともにしたディンも、もういない。

己の限界も見え始め、これ以上続けたところでヒナを超えることは無理だろうと、自分でもわかっている。

だとしても！　ギニアスの意志はここで止まることを許さなかった。

「ごちゃごちゃうるせぇな！　意地があんだよ、大人にはよぉ！」

☆　☆　☆

ぱっくり左右に割れた星屑獣の群集の中を、僕はバイクで突っ切っていく。

視界の両端で、ものすごい速度で横に流れていく星屑獣を眺めながら僕は思う。

やっぱりギニアスは凄い人だ。たった一振りでこれだけの星屑獣の群れを二つに割って道を作り、今もギニアスが同調するアルタイルの放つ輝きに引き寄せられて、星屑獣が僕に向かってくる気配はない。

あの姉さんの跡を継ぐというのは、こういうことなのだろう。

悔しいけど僕にはとても真似できない。

だけど僕にだって、僕にしかできないことがあるはずなんだ。

背負った星輝剣から感じるカリナの輝きは微かだが、まだ消えてはいない。

だからきっと、カリナはあそこにいる。

彼女を想うと苦しいほどに身体が芯から熱くなる。でも、それでいいんだ。

だって僕は、燃え尽きるほどの速度でカリナに会いに行かなきゃいけないのだから。

星屑獣の群集が割れた道はギニアスたちから離れるにつれて徐々にその幅が狭くなっていた。

少しずつ進路上に増えてきた星屑獣を、僕がアクセルを緩めずギリギリのところを避けながらバイクを走らせていると、突然車体が跳ね上がった。荒れた地面で大きめの石でも踏んだのだろう。

「この……っ⁉」

暴れる挙動を抑えようと上体をかぶせるようにして姿勢を制御したときには、眼前に星屑獣が立ち塞がっていた。

避けきれずにぶつかった衝撃で、僕の身体は宙に投げ出された。

土煙を巻き上げながら固い地面をごろごろと転がる。口に入った砂利を唾と一緒に吐きながら起き上がると、すでに道は閉ざされて僕は星屑獣に囲まれていた。

視線を奥へと向ける。周辺の星屑獣の向こう側に、一際大きな星屑獣が見えた。

あそこに、カリナがいる。

そっと星輝剣を握り締めた。

「もう少し……あとちょっとなんだよ……」

念じるように呟いて、辺りを取り囲む星屑獣を睨み据える。

さすがに目の前で動きの止まった餌を見逃してはくれないだろう。星屑獣のいくつもの眼や、蠢く脚や鋭い牙。そのすべてが僕を喰らおうと狙っていた。

正直震えるくらいに怖い。

けど死ぬより怖いものがあることを、僕は知っている。ここで恐怖に負けて逃げだしたら、きっと消えない傷が永遠に僕の身体を蝕み続ける。

わかっているなら、立ち向かわなくちゃいけない。

勇気が必要なのは今だけで、後悔するのは一生だ。

「姉さん、僕に力を貸して」

覚悟を胸に、僕は駆け出した。

目の前にいる星屑獣に向かって星輝剣を振り下ろす。刀身の眩い輝きが星屑獣の結晶甲殻を裂いた。悲鳴のような咆哮を上げる星屑獣の脇をすり抜けるように走り、けれどすぐに次の星屑獣が眼前に現れる。行く手を阻む星屑獣の胴体に、スピードを落とさず突進して星輝剣を突き刺し、そのまま上へと斬り上げた。

飛び散る結晶甲殻の破片と崩れ落ちる星屑獣を眺めている間もなく、立ち止まった瞬間に左右から挟みこむように別の星屑獣が迫っていた。振り上げた星輝剣で片方の星屑獣の脚を斬り落とし、反対方向から伸びてくる脚は首だけ動かして避ける。わずかに顔に当った爪の先が、頬の肉を裂いて血が噴き出した。

それでも視線は前に。左右にいる星屑獣はあえて無視して、僕はひた走った。

痛みに思考が鈍らないのは目的がはっきりしているからだ。

カリナに会いたい。

ちっぽけだけど、このたった一つの感情が、痛みも恐怖も本能すらも押さえつけて、僕の身体をどこまでも前へと突き動かしていた。

星屑獣なんて倒せなくてもいい。

僕がどれだけ傷つこうが構わない。

とにかく真っ直ぐ、彼女のもとへ。

立ち塞がる星屑獣を前に、僕は言い放つ。

「僕はカリナのところに行かなきゃいけないんだよ……だから、邪魔をするなぁぁ！」

なにがあっても足を止めない。

進路を阻む星屑獣は斬り裂いて、押しのけて、振り払った。地面に膝をつき、身体のあちこちから血を流して、傷つきボロボロになりながらも前へと進み続けた。

その果てに今、僕の眼前には特大級の星屑獣がいた。

まるで大木のような巨体だった。太い胴体から枝分かれした結晶甲殻が無数の脚となりギチギチと蠢いている。ただ大きいだけでなく全身を覆う結晶甲殻が放つ、見惚れてしまうほどの輝きの強さがマグニチュード【－】クラスという、この星屑獣の強さを表していた。

頭部と思われる部分には丸い緑色の眼がいくつもあったが、そのすべてが僕を見ていない。

視線はギニアスたちのいる場所へと向けられていた。

それならそれで、都合がいい。

体内から煌々と光を明滅させる星屑獣に向かって、僕は呟く。

「……カリナを、返してよ」

その輝きの中に、彼女がいるはずだから。

地を蹴って星屑獣の胴体に跳びつく。

すると頭部の複眼がギョロリと僕を見た。星屑獣はしがみつく僕を払いのけるように、枝分かれした脚の一本を振るう。

咄嗟に手にした星輝剣で受け止める。だが途方もない衝撃に僕は地面に叩きつけられた。

即座に立ち上がる僕に追い討ちをかけるように多脚が振り回される。今度は足を踏ん張り、しっかりと迎え撃つ。一つ一つ受け止める度に筋肉が悲鳴を上げて、骨が軋んだ。邪魔な多脚を斬り捨てようにも硬い結晶甲殻に刃が通らず、弾いて進もうにもあまりの重さに押し戻されてしまう。

理不尽なまでの星屑獣の凶悪な攻撃に近づくことができなかった。

「……それでもだ」

ここで退くわけにはいかない。

あの日、姉さんにもらった言葉が背中を押してくれる。

姉さんみたいな英雄になりたいだとか、僕がみんなを守るだとか、そんな気持ちはもうどうでもいいんだ。

みんなの特別になれなくても、たった一人の特別になれれば、僕はそれでいい。

この強い想いを星輝剣の輝きに変えて、僕は踏み出す。

眼前に迫る星屑獣の暴力的な脚を星輝剣の一閃で弾き飛ばし、反対から襲いくる鋭い爪先は引き戻しながら払う。僕を刈り取るように振るわれた脚を、跳ね上げた星輝剣の切っ先で方向を変える。近づかせまいとする星屑獣が次々と繰り出す攻撃を、僕は受け流し、あるいは叩き落としていく。

極限まで研ぎ澄まされた集中力が、知覚を加速させていた。手にした星輝剣はもはや身体の一部となって滑らかに、霞むほどの速度で斬撃を放ち続ける。

星屑獣とぶつかる度に流星のように火花を散らしながら、僕は一歩ずつ前へ進んだ。

あと少しだ……もうすぐキミを救い出すから。

だがその直後——パキン、と甲高い音を立てて、星輝剣の刀身が折れた。

「がはっ⁉」

衝撃に見舞われて僕の身体は地面を転がった。

痛みを堪えてどうにか立ち上がるも、手には刀身を半ばから折られた星輝剣だけが残されていた。顔を上げると、星屑獣はわずかな輝きすらも取り込もうと、折れた刀身の先を口に運んでバリボリと嚙み砕いている。

もといた場所へと僕は押し戻されていた。

目の前の巨大な星屑獣は圧倒的で、どんなに必死になっても僕の頑張りは無意味にされてしまい、あまりの理不尽さに涙が零れそうになる。

酷使し続けた肉体はもう限界で、痛いし、苦しいし、なにより怖かった。

――もう十分頑張ったし、ここで諦めても誰も文句は言わないんじゃないか。

そんなシンプルな選択もあるのだと、思考が傾く。

こんなつらい思いを味わうくらいなら、僕はもう戦いたくなかった。星輝剣の使い手になんかならず、カリナを忘れて、姉さんやディンのことも忘れて、残った人生を面白おかしく生きればいい。僕が楽しく生きてさえいれば、みんな満足してくれるかもしれない。少しずつ歳をとりながら大人になって、平凡な日常を過ごして、毎日を楽しく、笑って…………。

「……笑えるわけ、ないじゃないか」

唇を嚙み締めた痛みが、夢のような妄想を切り裂いていく。

遠ざかっていた感覚が蘇るにつれ、痛みとともに大切なものを思い出す。

折れた星輝剣を手に、僕は歩き出す。

肋骨が折れているのかもしれない。呼吸をするたびに胸に鈍痛が走る。動くだけで身体が悲鳴を上げていた。それでいい、この痛みは僕が生きている証だ。僕にはまだできることがあるということだ。踏み出す脚が鉛のように重い。それでもまだ僕は立っている。

だから、進まなきゃいけない。

なんでもいい。ひたすらに、がむしゃらに前へ。

重い身体を引きずるように近づく僕に対して、星屑獣がにわかにその輝きを強めた。

衝撃とともに星屑獣の脚先が僕の右肩を貫いた。

辺りの地面に血が飛び散る。顔を歪める僕の身体を星屑獣は肩を貫いたまま持ち上げ、不揃いな牙の生えた大口を開けた。

目の前に、死が広がっていた。自分の足で逃げることも進むことも、もうできない。

僕の物語はここで終わりだと、そう告げられている気がした。

……それでもだ。

星輝剣が折られたって、肩を貫かれたって、僕の意志は折れやしない。

絶望の淵に立たされようと、僕は何度だって抗ってみせる。

どんなに怖くたって、諦めてたまるもんか。

だって……キミを失うことのほうがずっと怖いから。

この気持ちだけは、絶対だ。

鋼の硬さで貫く、他の誰でもない僕だけの意志だ。

英雄だった姉さんや、面倒を見てくれたディン。彼らの物語はもう終わった。けど、

「……僕は、まだ終わってないんだよ」

ぐぐっと腕を持ち上げて、肩を貫く星屑獣の脚先を、折れた星輝剣で突いた。

ガリッとほんのわずかに結晶甲殻に食い込んだ感触の先で——トクン、とたしかな脈動が伝わってくる。

「……なあ、お前もそうだろ？」

返事などない。けど、たしかにそこにあるんだ。

だから僕はありったけの声で、魂のすべてで叫ぶ。

「来おぉおい！　カノォオオプウゥス！」

一途な想いに応えるように光の奔流が解き放たれた。

☆　☆　☆

荒い息を吐きながら、ギニアスは古式一等星輝剣アルタイルで輝きを放ち続けていた。閃光が弾ける度に、星屑獣が散っていく。その輝きに惹かれてまた新たな星屑獣が集まってくる。終わらない波のような戦闘の繰り返しにギニアスは気が滅入りそうだった。

新たに近づいてくる群集の中には一際大きな成体の星屑獣がいた。近くにいる幼生体ごと蹴散らすように、鋭い棘が無数にある尾を振り回してくる。跳躍して避けたギニアスは半月を描くように空中で身を捻って尾を斬りつける。星屑獣が悶えるように咆哮を上げた。その隙にギニアスは懐に飛び込み、古式一等星輝剣アルタイルを一閃。星屑獣の首を落とす。頭部を失いそれでも暴れようとする星屑獣の首筋の断面をギニアスは見つめ、

「とっとと、くたばれよ」

再び跳びあがると、光り輝く中心部目がけてアルタイルを突き刺した。

星核を破壊された星屑獣は崩れ落ち、地面に倒れた衝撃で砕け散った。

呼吸を整えながら、ギニアスは周囲の状況把握に努める。

これでようやく星屑獣の成体はすべて倒した。あとは幼生体が残るのみだが、群がるその数を考えれば油断はできない。レインやグアルデは無事だろうか。それにリュートは……。

確認しようとギニアスが顔を上げた――そのときだ。

突如として空が明るくなった。

振り返ったギニアスは驚愕に目を見開く。

光の発生源は、離れた場所でそびえるように立つ特大級の星屑獣。

すぐに耳の小型通信機からクーマンの慌てふためく声が聞こえた。

『なんだ、これは⁉　おい、ギニアス……至急退避だ！　【－】クラスの星屑獣の輝きが尋常ではない！　今までにないほど増大している！』

「ああ、言われなくても見えてるよ」

じっと光を眺めながらギニアスは答える。

より強い輝きに惹かれる星屑獣たちは、あまりに強烈な光に気をとられるように一斉に動きを止めていた。

『今すぐその島から離脱しろ！　我々はお前とアルタイルを失うわけには――』

まだなにか叫んでいたがギニアスは通信機を耳から外して放り投げ、ぼそりと呟く。

「……バカが。あれは星屑獣の輝きなんかじゃねぇよ」

ではなんなのか。わかってはいても言葉にする気にはならなかった。

胸を満たすのは悔しさと妬ましさと、ほんのわずかな懐かしさ。

降り注ぐ真っ直ぐで力強い光に、ギニアスはそっと目を細めた。

「クソったれ……眩しいじゃねぇか」

☆　☆　☆

星屑獣の脚先に亀裂が走り、その隙間から眩い光が放たれていた。亀裂はみるみる広がっていき、やがて僕の肩を貫く脚は砕けて、光が一気に溢れ出した。

弾けた白光が僕を飲み込む。暖かくて力強い、心地好い光に僕は身を委ねた。光の奔流は星雲が渦を巻くように折れた星輝剣へと収束していき、僕の手の中で新たな剣を形成する。

白銀に輝く刀身を持つ、古式一等星輝剣カノープスが顕現した。

着地した僕の頭上からキラキラと輝く光の粒が降り注ぐ中、握り締めたカノープスが教えてくれる。

僕の強い魂の輝きに惹かれたのだと。

僕の想いに応えてくれたのだと。

僕に、やるべきことをやれと叫んでいる。

「うん……わかるよ、カノープス。カリナがあそこにいるんだね」

不思議と導かれるように、僕は星屑獣の胸の辺りを目指す。

無数の蠢く脚が僕に襲いかかってくるけれど、恐怖は感じなかった。かつてないほど湧き上がってくる力が身体を突き動かす。眩い光を纏ったカノープスを僕は振るった。

刀身に触れた星屑獣の脚が、微細な破片を撒き散らしながら消滅していく。いや、消滅しているのではなくカノープスがその輝きごと喰らっているのかもしれない。星屑獣を斬りつける度にカノープスの輝きは増していた。

胸元に到達した僕が、脚の根元だった突き出た場所を足場にしてカノープスをかざすと、放たれる光に星屑獣の結晶甲殻がみるみる溶けて人の上半身を形作った。いまだ下半身は星屑獣に埋まったままだが、その姿は間違いなくカリナだった。

「やっぱり、いた」

ほっと安堵の吐息とともに僕は顔を寄せる。

不思議と衣服も星屑獣に取り込まれたときのままで、ぐったりとした様子の彼女が薄ら目を開けた。

「……あ、リュート……なんで?」

「助けに来たよ」

辺りを見回してすぐに状況に気づいたのか、カリナが僕を非難するように叫んだ。

「どうして!」

「どうして、って……好きな女の子が困ってたら助けるのは当たり前でしょ」

「なに……それ……」

「待ってて。今助けるから」

　彼女に手を伸ばそうとすると、星屑獣が激しく身体を揺さぶった。

　咄嗟にカノープスを星屑獣に突き刺して身体を支えていると、背中を丸めた星屑獣のギョロリとした目が僕を捉えていた。自身に取り付く小さな異物を見つめ、その瞳が怪しげな光を放つ。ギニアスや島の星核よりも輝く、僕とカノープスに狙いを定めたのだ。

　気づいたカリナが僕にお願いするように言う。

「逃げて……」

「え？　嫌だけど」

　僕は当然のように断った。

「なに言ってるの。私じゃこの星屑獣には勝てなかった。私の輝きが取り込まれる前に、私の意識があるうちに、星浮島ごと地上に落として」

「ダメだ。僕はキミを助けるために来たんだから」

　結晶甲殻の足場を頼りにカリナに近づこうとすると、彼女は首を横に振り、

「助けなくていいから……食べられてわかった。私がいるせいでこの星屑獣が落ちてきたの。この先もっと大きな星屑獣が落ちてくるかもしれない。私の存在がきっと、みんなに迷惑をかけるから」

　トンと僕の身体が突き離された。

直後に星屑獣の脚が直前まで僕のいた場所を叩く。さらに落下する僕に、星屑獣の口から尖ったものが無数に吐き出された。牙だろうか、降り注ぐ鋭利な結晶をカノープスで斬り払うが、払いきれなかった一部が僕の腕や脚の肉を抉っていく。体勢を崩した僕はそのまま地面に落とされた。

「いってて……ほんと、迷惑だよ」

もうもうと舞う土煙を払いながら立ち上がり、僕はカリナを見上げた。

「自分を押し殺して、一人でそんなところに閉じこもってさ。もっと素直になっていいのに」

「素直に、って……」

「だって、カノープスは僕の手の中にある。それが答えでしょ」

星輝剣は星屑獣の星核から造られる。そして古式一等星輝剣カノープスはカリナの星核の一部から造られたものだ。

だからカリナの本心は、助けてほしいと願っている。

それがわかっていれば、僕は何度だって立ち上がれる。

何度だってキミを助けに行くよ。

カリナを目指して、もう一度僕は走り出す。

手にしたカノープスの輝きは少しも衰えていない。身体を駆け巡る熱はまだ少しも冷めちゃいない。湧き上がってくる力が僕の身体を前へと突き動かしてくれる。

襲いくる星屑獣の攻撃をカノープスで斬り払いながら、僕はカリナに呼びかける。

「僕はさ、キミにもっと頼ってほしい。もっと一緒にいてほしい。情けない僕がいけないんだろうけどさ。僕だって『自分のせいで』って悩んだことはあるし、つらいことや苦しいこともあった。きっと生きていればそんなことは、これからもたくさんあるんだと思う。キミが普通の人より大変だってことはわかっている。でも――」

強く地面を蹴って跳躍。再び星屑獣の胸元へ――カリナのもとへとたどり着いた僕は、彼女を真っ直ぐ見据え、僕を突き動かす熱い衝動を言葉に変えた。

「どうせなら、僕はキミと一緒に苦労したいんだ」

わずかに目を見開いたカリナは、けれどすぐに悲しそうな表情を見せた。

「一緒にって……私は、リュートたちとは違うんだよ」

「そうだね。でもみんな違うんだって。それが普通だよ。誰だって他人にはなれないんだ」

「私は星屑獣で、私の肉体は星核と結晶の塊で――」

「そんなこと言ったら、僕だって骨と肉の塊だよ」

ふるふると唇を震わせるカリナは瞳に珠の涙を浮かべ、

「私がいるせいで、この世界を終わらせるかもしれないんだよ!」

切実に、必死に訴えるように言う。

い、いい、
それでもだ。

僕はありったけの想いを叫ぶ。

「キミがいなきゃ僕の世界は終わっちゃうんだよ！」

想いは届いただろうか。

カリナの表情を窺うと……つうっと彼女の頬を涙の粒が伝って落ちた。

「……なんでよ……バカ！」

ずっと一人で戦っていたのだろう。無理やり押さえつけていたカリナの感情が溢れ出た。

僕が、溢れさせた。

「うん、バカでごめん」

「ううん……こっちこそ、怒鳴ってごめんなさい」

「いいよ。謝ってほしくて来たんじゃない。むしろ僕が謝りたいんだ。昨日はひどいこと言ってごめん。あれは本心じゃないんだ。僕も、カリナに会えてよかった」

やっと言えた。

このことだけはどうしても伝えたかった。

「今だって会いたくて来たんだよ。僕はカリナに会いたかった。カリナは？」

「うん……会いたかった」

「なら、それでもう十分じゃないかな」

できるかぎりの優しい声音で告げると、目元を拭ったカリナが顔を上げて尋ねてくる。

「どうしてリュートはそこまでしてくれるの？」

「だって、カリナがあんな寂しそうな顔してたから。僕は男だからさ、好きな女の子には笑っていてほしいんだ」

それを聞いたカリナはわずかに困ったような表情を浮かべていた。

「あの、わたし……人の好きとか、よくわからない」

「いいよ。今はそれでも」

「えっと……じゃあ、ここから出して」

「僕はどうすればいいのかな？」

「ぎゅってして」

「わかった。絶対に離さないから」

屈んだ僕は、正面からカリナを抱えるように手を回す。

くすぐったそうに彼女も、僕の首に腕を回した。

そのまま立ち上がると、足元周辺の結晶甲殻が音を立てて割れ、カリナの全身が白日のもとに晒しだされた。

直後に景色が揺れる。星屑獣が身悶えするように暴れ出し、野太い咆哮がびりびりと大気を震わせていた。

暴れ回る星屑獣に振り落とされそうになりながらも、カリナは冷静に呟く。

「せっかく取り込んだ輝きを奪われて、怒っているのね」

「はは、気持ちはちょっとわかるかも。でも、譲る気はないよ」

強く抱きしめたまま僕らは跳んだ。空中でカノープスの輝きに照らされた世界を眺める。彼女の鼓動を感じながら見る世界は、とても色鮮やかだ。

輝きを放つ僕らに脚を伸ばそうとする星屑獣に、カリナは優しげな眼差しを向けて言う。

「誰だって自分を輝かせたいものね。必死に輝こうとするあなたは強い……でもね」

すっとカリナの細い指先が、カノープスを握る僕の手に重ねられた。

チラリと視線を受けて、僕はカリナの言葉を引き継いだ。

「僕らは二人で、これからもっと輝いてみせるよ!」

重ねられた二つの手でカノープスを振り下ろす。

世界は眩しい光に包まれた。

エピローグ

作戦翌日。

東部第1星浮島にある防衛軍の本部に呼び出されたギニアス・ライオネルは、執務机に腰掛けるクーマンと対峙していた。

「幼生体も含めたすべての星屑獣の殲滅はこちらでも確認できた。ご苦労だったな」

目を通していた報告書から顔を上げたクーマンが言う。

「本気で労う気があるならわざわざ呼び出したりしないでゆっくり寝かせてくれや」

大仰にギニアスは肩をすくめた。褒め言葉を素直に受けとる気にはなれない。たしかに星屑獣は殲滅できたが、今回の功績のほとんどが自分にないことは自覚していた。

不遜な態度にも慣れた様子でクーマンは続ける。

「そうさせたいのはやまやまだが、昨日の一件に対して色々と議論になってな」

「なんだよ、命令を無視したことか？　現場の判断で臨機応変に対応しただけだろ。星屑獣は倒せたし、カリナとカノープスも取り戻せたんだから大目に見て――」

「人型星屑獣カリナと古式一等星輝剣カノープスの廃棄が正式に決定した」

軽口を遮るように、はっきりと告げられた言葉にギニアスは片眉を上げた。

「……カリナを利用した『新生星浮島計画』はどうなる？」

「方針が見直されたのだ。カリナとカノープスの存在はリスクが大きすぎる。カリナに引き寄せられる形で今後あれ以上の星屑獣に落ちてこられたら、新しい星浮島を造る前に我々が滅びてしまう」

「それだけが理由とは思えねぇな。そんなことよりも昨日のカリナとカノープスの輝きそのものに、上の連中は危険を感じたんだろ」

「それもあるだろうな」

淡々と答えるクーマン。理由を詮索したところでもはやカリナの廃棄という決定事項は覆らないのだろう。

ふとこの場に呼び出された理由に思い至り、ギニアスは歯を食いしばる。

「それで俺を呼びつけるってことはなにか、俺にカリナを闇討ちでもしろってか？」

「いや、これまでの協力を考えれば手荒な真似はしたくない。要は星浮島にいなければいいのだ。カリナには地上に下りてもらうことになった。カリナが存在することによって我々が被るリスクについて、カリナには正直に話した。受け入れてくれたよ」

途端にギニアスは鋭い視線でクーマンを睨みつけた。

「おい……そこまで話が通じるなら、あいつには人に危害を加える意思がないことくらいわかるだろうが。なんで、大事なところで信じてやらねぇんだよ」

「ああ、そのとおりだ。我々は最初から未知の生体兵器の言うことなど信用していない。あれは星屑獣であり、しかも知性がある。なにか思惑があり、我々を出し抜こうと考えているのかもしれん。そこで万が一戦うことになったときに、対抗できるのはお前とアルタイルくらいだ。お前が責任を持って星屑獣カリナを星浮島から落とせ」

「……そうか。今回の一件で命令を無視した俺も試されてるってわけか」

「否定はしない」

わざわざ防衛軍の本部に呼び出したのは、彼らが見ている目の前で、ギニアスにカリナを見捨ててみせろということだ。

ここでクーマンに文句を言っても意味はなく、かわりにギニアスは別のことを聞いてみる。

「あのガキはどうしている？」

星屑獣を倒した後、ギニアスたちが駆けつけたときにはリュートは気を失っており、遅れてやってきた軍の医療班に連れて行かれて、それきり会っていなかった。

「リュートのことなら安心しろ。意識は戻った。検査もしたが異常は見られなかったな。今は監視つきの独房に入れてある」

「……独房か。あれでも星屑獣を倒して星浮島を救った英雄だぞ」

「その力は放棄すると決まったのだ。英雄などと持て囃して、民衆に妙な希望を抱かれても困る。期待はすぐに失望に変わり、責められるのはあの子だぞ」

「それで、あのガキは納得したのか？」

「仕方あるまい。星屑獣を倒したとはいえ、あの輝きの中心にいたリュートもその存在を危険視されているのだ」

「違う、カリナのことだ」

カリナの廃棄など、あのリュートが素直に受け入れるとは到底思えなかった。

問われたクーマンは嘆くように深いため息を吐き出した。

「……処分を知って暴れだしたよ。それも踏まえて監視つきの独房だ」

「そうだろうと思ったよ」

「まったく頭を悩ませてくれる。人の姿をしているとはいえカリナは星屑獣であり、他の星屑獣を引き寄せる一因なのだ。ましてあれほどの輝きを放つとなれば、存在自体が星浮島にとって危険なのだと何度説明したことか。あやつめ、子どものように駄々をこねおって……」

「あいつはただのクソガキだからな」

理屈も正論も通じない、わがままを喚き散らす姿が容易に想像できてしまい、そこにクーマンの困った顔が拍車をかけて、ギニアスはくつくつと笑いを堪える。

ゴホンと小さく咳払いをしてクーマンが険しい視線を向けてくる。

「まあこれから歳を重ねるうちに、おのずと理解はするだろう。お前が気にすることではない。お前の役目は星屑獣カリナを星浮島から落とすことだ」

「もうカリナに話は通してあるんだろ。だったら俺の出番はねぇと思うが？」

「いいから必ず星浮島から落とせ。わかったな」

「ちっ……落とせばいいんだろ。わかってるよ」

念を押されたギニアスは部屋を出る際、閉じたドアを思い切り蹴り飛ばした。


夕刻。

星浮島の外縁部に立ったギニアスは、目の前にいる少女に対して形ばかりの令状を読み上げていた。

カリナは古式一等星輝剣カノープスを腕に抱えて、ぼんやりと佇んでいた。ちらりとギニアスはその表情を窺うが、彼女の顔には怒りも悲しみも見られない。いつもと変わらぬ無表情で、星の光を透かしたような綺麗な銀色の髪が風に吹かれてゆらゆらと揺れていた。

ギニアスの背後では司令部から派遣されたクーマンが険しい顔つきで事の成り行きを見守っている。さらには少し距離を置いて、屈強な男たちがギニアスたちを取り囲んでいた。彼らはカリナが抵抗するのではないかと警戒しており、またギニアスがカリナを逃がすのではないかと疑っているのだろう。

「そんなわけでカリナの存在は危険なんだとよ」

令状を読み終えたギニアスが苛立たしげに周囲を睨みつけていると、それまでおとなしく聞いていたカリナがすぐそばの途切れた大地を指差した。

「えっと、難しい言葉はよくわからないけど……私がここから飛び降りれば、あの人たちは満足するんでしょ？」

「ああ、そのとおりだ」

不満げに頷くギニアスの顔を、カリナはじっと覗き込んできた。

「ギニアス、なんだか疲れた顔をしてるわ。休んでいてよかったのに」

「連中はお前が暴れ出すかもとか、くだらねぇこと考えてるんだよ。それで俺が選ばれた」

「私は暴れたりしないわよ」

「知ってるよ。ただ俺に責任もって星浮島から落とせだと……ったく、いつも俺ばっかり損な役回りだ」

「私のせいかな？　ごめんなさい」

「お前が謝ることじゃない。そのかわり俺も謝らねぇからな」

「わかっているわ。ギニアスは悪くないもの」

二人のやりとりに、クーマンが焦れたように声を上げた。

「ギニアス、無駄口を叩いてないで早くしろ」

小さく嘆息したギニアスは、カリナを外縁部の端に立たせる。眼下には果てしない空が広がっていて、雲がゆっくりと流れていた。

一歩でも足を踏み出せば地上へ落ちてしまうのだが、風を浴びながら立つカリナの横顔は穏やかな表情だった。

彼女の肩にギニアスはそっと手を当て、

「覚悟はいいか？」

「私は飛び降りるだけでしょ。なにか覚悟したほうがいいの？」

「……いや、必要ないか」

トンと優しくその背を押した。

星浮島外縁部からカノープスを抱えたカリナが飛び降り――、

直後、彼方からバイクの駆動音とともに小さな影がものすごい速度で迫ってきていた。

「カリナァァァァ!!」

叫び声を上げながら近づいてくる影は、紛れもなくリュートだった。

驚愕に目を見開いたクーマンが負けじと声を張り上げる。

「ばかなっ!?　リュート止まれ！　もう遅い、死ぬ気か！」

「死ぬのが怖くて惚れた相手を守れるもんか！　そこをどけぇぇ！」

一切を寄せつけず一直線にリュートは疾駆する。

あまりの剣幕にたじろぐクーマンや周囲の男たちを眺めながら、ギニアスは告げる。

「クーマンよぉ、独房ごときであのガキを押さえこめると思ったら大間違いだぜ」

「そんなことは今はどうでもいい！　ギニアス、あのバカを止めろ！」

「いや、無理だろ。今のあいつの前に出て行くとか、空から降ってくる星屑獣を生身で受け止めろ、って言ってるようなもんだぞ」

風を切り裂き、音を置き去りに、リュートは一筋の矢となってギニアスたちの眼前を通り過ぎ――そのまま空中へバイクもろとも身を投げ出した。

「なっ……ギニアス、どうにかして助けろ！」

その一言に、ギニアスは口角を吊り上げた。

「了解。アクイラ、準備はいいな。釣りの時間だ」

示し合わせたようにスッと空を影が覆う。

見上げれば、頭上で高速飛行艇アクイラが飛んでいた。

「……は？　なぜ上空にアクイラが……」

「命令はカリナの星浮島からの投棄。たしかに星浮島から落とした。あんたも見届けたはずだ。その次の命令は『バカを助けろ』ときた。まあバカと一緒になにかついてきても、そいつは仕方ねぇよな」

「おい、ちょっと待て……」

「待ってたらバカが落ちちまうだろうが」

「いやそれはそうだが……」

「ごちゃごちゃうるせぇな。男が命張って惚れた女を守ろうとしてるんだ。あんたもそっから飛び降りるくらいの覚悟がなきゃ、どうこう言う資格はねぇぞ」

「くっ……き、きさまら……」

言葉を失うクーマンを尻目に、ギニアスは眼下の空を覗き込み、

「二人して迷わず飛び降りやがって。死ぬのが怖くて惚れた女は守れねぇだと……ったく、クソガキの言いそうなことだぜ」

そこに見えた二つの光に目を細めた。

☆　☆　☆

空へと身を投げた僕は、重力にしたがって一直線に落下していた。

風が全身を打ちつけている。無理やりに目を見開くと、下方に小さな光が見えた。

絶対に見失うものか。光に向かって手を伸ばして、僕は叫ぶ。

「こぉおい、カノォォォプゥウス！」

途端に光は輝きを増して、ぐんぐん近づいてくる。

パシッと僕はカノープスをキャッチするが、その勢いとともに上昇してきたカリナは僕を通り過ぎてしまいそうで、慌てて僕らは空中に手を伸ばす。吹き荒れる風圧に邪魔されながらも互いの指先と指先が触れ合い、きゅっと絡めた指から手を握って、僕は思い切りカリナを抱き

寄せた。

「なに飛び降りてるのさ！」

怒鳴る僕に、腕の中のカリナは平然と答える。

「大丈夫かと思って。リュートがどうにかしてくれる、って信じてたから」

そんなふうに言うのはずるいと思う。

「それは……ちょっと嬉しいけどさ。あんまり無茶しないでよ」

「リュートは『絶対に離さない』って言ってた」

「言ったけど……」

「それともリュートも、私のことはもういらない？」

問われた僕はぶんぶんと千切れるくらいに首を振った。

「そんなこと、あるわけないよ。星浮島のみんながどれだけカリナを邪魔者扱いしようと、僕にはキミが必要だ。たとえキミが遠くに行っても、どこまでも、何度でも迎えに行くよ」

「うん、ありがとう」

ぎゅっと僕の胸にしがみついてくるカリナ。

温かい彼女のぬくもりを感じていると、上空から煌く閃光がものすごい速さで落ちてきた。

「うわっ⁉」

僕の頬を掠めた輝きは、ぐるぐると僕らの周りを回っていたかと思うと、突然僕とカリナの身体が締めつけられる。隙間なく密着するカリナの身体にドキドキする暇もなく、ぐいっと僕らは上から引っ張られて、自由落下が止まった。よく見ればロープが僕たち二人に巻きついて宙吊りにしており、ロープの先には古式一等星輝剣アルタイルが結び付けられていた。

「ギニアスの仕業かな。ロープ越しでも自在に星輝剣を操れるなんて、やっぱり凄いや」

「リュートだって、カノープスと心を通わせることができるでしょ？」

「まあね」

カリナと出会うまで、ずっと僕は星輝剣と同調できなかった。その理由も今ならおぼろげに理解できる。

「カノープスが教えてくれたんだ。星輝剣は、ただ星屑獣を倒すために握っても応えてくれない。大切な人を守りたい気持ちにこそ応えてくれるんだって」

「人は誰かを想っているときが一番輝くものね」

呼応するように僕の手にしたカノープスに淡い光が灯る。

高速飛行艇アクイラから吊られたまま、僕とカリナは滑るように空を飛んでいた。

視界に僕らを遮るものはなく、透き通るような青い空がどこまでも広がっている。

世界には僕ら二人しかいないみたいだった。

「ねぇ、私はこれからどうすればいいのかな？」

「えっと、僕にもわかんないけど……僕はキミがそばにいてくれれば、それでいいかな」

「じゃあ私も、それでいいかな」

どこか照れくさいけれど、今はそれでいい気がした。

穏やかな風が僕らの頬を撫でていく。

「風が気持ちいいわ」

「そうだね」

「……ずっとこうしていられたらいいのにね」

ポツリと漏らしたカリナの呟き。

どんなものにも永遠なんてありはしない。

何年先か何十年先か、いつか終わりがくる。

今この瞬間の幸せな時間だって、何分後かには終わってしまう。

い、いや。

それでもだ。

僕は彼女を抱えた腕に力を込めた。

「……決めた。前にカリナは言ったよね。僕の輝きを見ていたい、って。だったら、これからもずっと僕のそばにいてよ」

「え？」

「もしもキミの顔に陰りが差すときは、僕の輝きで笑顔にしてみせるから」

幸せな時間が終わってしまうなら、また新しい幸せを掴みにいこう。

二人で、一緒に。

僕の言葉に一瞬きょとんと目を丸くしたカリナは、そっと口元をひいて柔らかな笑みを浮かべた。

不安定で、脆くて、儚くて、残酷なこの世界で。

星と星がぶつかるような数奇で運命的な巡り合わせで、僕は彼女と出会った。

大袈裟かもしれないけれど、僕にとっては世界が生まれ変わったような、衝撃的な出会いだったんだ。

この世界で僕になにができるのかは、正直まだよくわからない。

けど、なにがしたいのかは決まっている。

これは僕が、世界を救う物語なんかじゃない。

これは僕が、好きな女の子を笑顔にするための物語だ。

完

あとがき

みなさんこんにちは。電撃文庫では初めまして。谷山走太です。

この作品は、男の子が好きな女の子のために頑張る物語です。

ジャンルはいわゆるボーイ・ミーツ・ガールというやつです。

みなさんはボーイ・ミーツ・ガールは好きですか？　僕は大好きです。

男の子と女の子が出会うことで物語は動き始めるべきだし、いつだって物語の中心には男の子と女の子の存在が必要不可欠なのです。

男の子っていうのは好きな女の子のために一生懸命になるときが一番カッコイイですし、女の子だって好きな男の子を想うときが一番輝いているものです。

いやそれは違うだろ。ボーイ・ミーツ・ガール以外にも面白い物語はいくらでもあるだろ。と思う方もいるかもしれません。ええ、そうですね。そうかもしれませんが……、

「誰がなんと言おうと、僕にとって世界の中心はボーイ・ミーツ・ガールなんだよ！」

そんな気持ちで書いています。

みなさんの心に刺さるボーイ・ミーツ・ガールでありますように。

作中では人類が空に浮かぶ島で生活していたり、空から怪獣が降ってきたり大変な世界ですが、大変な世界を生きる彼らの行く末をどうか見守ってください。

さて、あとがきまで読んでくれる素晴らしい読者の方のためにここからは作品に絡めた少しタメになる雑学を。

作中では星屑獣の強さの目安として『マグニチュード』という単位を用いています。どうして『マグニチュード』なんだ？　と疑問に思った方もいるでしょう。

実は現実世界では星の明るさを『マグニチュード』で表します。地震だけじゃないんです。数字が小さくなるほど明るい星で、ゼロより下のマイナスともなると数えるほどですね。

星の話はロマンチックなので知っているとオシャレ度アップですよ。

あと、小説を書いていると作中キャラのモデルとかいるんですか？　とよく聞かれます。先に言っておくと、今作にモデルになった人はいません。でも星屑獣のモデルになった昆虫はいます。『ハキリアリ』です。『ハキリアリ』は葉っぱを嚙み切るほどの鋭い歯を持つことで有名ですが、外骨格の表面はミネラルを硬化させた生体鉱物的な結晶で覆われているという、いわゆる生体鉱物アーマーを纏ったロマン溢れるアリなのです。

男の子は昆虫が大好きなので、この手の話をすると近所の子どもに尊敬されます。

まあ色々と雑学っぽいことを書きましたが、僕は天体や昆虫の専門家ではありません。加えて天文学や生物学は日々新しい発見がある分野です。なのでもしかしたら、ここに書かれていることも間違っている可能性があります。学校の友人にドヤ顔で話したら間違いを指摘される、なんてことがあるかも……そんなときは全力で作者のせいにしてください。

「『終末世界のプレアデス』ってラノベのあとがきに書いてあったんだよ！　嘘だと思うなら買って確認してみろよ！」

ここまで作者に責任を押しつければバッチリです。


少し話題が変わりますが小説を書くというのは孤独な作業です。たぶん多くの作家さんがそうであるように、僕も作品を発表するたびに受け入れてもらえるのか不安で仕方ないです。

もしよかったらSNS等で感想を呟いていただけると作品の後押しになります。それ以上に作者が大変喜びます。感想なんて難しく考えなくても「感動した」「面白かった」だけでも作者は小躍りするほど喜びます。

ちなみに奥付ページの二次元コードからアンケートに答えると図書カードが当たるかも。

これはとてもタメになる情報ですね。


ここからは謝辞を。

担当編集様。この作品が世に出せたのはあなたのおかげです。いつも『僕の考える理想のボーイ・ミーツ・ガール』の話に付き合っていただきありがとうございます。あと色々わがまま言ってすみません。これからもわがまま言うと思うのでどうぞよろしくお願いします。

イラストレーターの刀彼方様。素敵なイラストの数々、ありがとうございます。リュートやカリナに命の輝きを与えてくれたのはあなたです。感謝してもしきれないくらいです。

推薦コメントをくださった脚本家の大河内一楼様。僕の人生に多大な影響を与えた物語たちを作った方に読んでいただき光栄です。僕も誰かの人生を彩るような物語を生み出せるよう頑張ります。

そして最後にこの作品を手にとってくれたみなさんに最大級の感謝を。この作品がみなさんの人生を少しでも明るく照らす光となることを願って。

それでは、またお会いしましょう。

谷山　走太

◉谷山走太著作リスト

「終末世界のプレアデス　星屑少女と星斬少年」（電撃文庫）

本書に対するご意見、ご感想をお寄せください。

ファンレターあて先
〒102-8177　東京都千代田区富士見2-13-3
電撃文庫編集部
「谷山走太先生」係
「刀 彼方先生」係

本書は書き下ろしです。

電撃文庫

終末世界のプレアデス
星屑少女と星斬少年

谷山走太

2023年５月10日　初版発行

◇◇◇

発行者　山下直久
発行　株式会社KADOKAWA
〒102-8177　東京都千代田区富士見2-13-3
0570-002-301（ナビダイヤル）
装丁者　荻窪裕司（META＋MANIERA）
印刷　株式会社暁印刷
製本　株式会社暁印刷

ISBN978-4-04-914815-2　C0193　Printed in Japan

電撃文庫　https://dengekibunko.jp/

電撃文庫創刊に際して

文庫は、我が国にとどまらず、世界の書籍の流れのなかで〝小さな巨人〟としての地位を築いてきた。古今東西の名著を、廉価で手に入りやすい形で提供してきたからこそ、人は文庫を自分の師として、また青春の想い出として、語りついできたのである。

その源を、文化的にはドイツのレクラム文庫に求めるにせよ、規模の上でイギリスのペンギンブックスに求めるにせよ、いま文庫は知識人の層の多様化に従って、ますますその意義を大きくしていると言ってよい。

文庫出版の意味するものは、激動の現代のみならず将来にわたって、大きくなることはあっても、小さくなることはないだろう。

「電撃文庫」は、そのように多様化した対象に応え、歴史に耐えうる作品を収録するのはもちろん、新しい世紀を迎えるにあたって、既成の枠をこえる新鮮で強烈なアイ・オープナーたりたい。

その特異さ故に、この存在は、かつて文庫がはじめて出版世界に登場したときと、同じ戸惑いを読書人に与えるかもしれない。

しかし、〈Changing Times,Changing Publishing〉時代は変わって、出版も変わる。時を重ねるなかで、精神の糧として、心の一隅を占めるものとして、次なる文化の担い手の若者たちに確かな評価を得られると信じて、ここに「電撃文庫」を出版する。

1993年6月10日
角川歴彦

電撃文庫DIGEST　5月の新刊

発売日2023年5月10日

続・魔法科高校の劣等生
メイジアン・カンパニー⑥
著／佐島 勤　イラスト／石田可奈

IPUで新たな遺物を見つけた達也たち。遺物をシャンバラへの『鍵』と考える達也は、この白い石板と新たに見つけた青、黄色の石板の3つの『鍵』をヒントに次なる目的地、IPU連邦魔法大学へ向かうのだが――。

創約　とある魔術の禁書目録(インデックス)⑧
著／鎌池和馬　イラスト／はいむらきよたか

『悪意の化身』アンナをうっかり庇ってしまった上条。当然の如く未曾有のピンチに見舞われる。彼らを追うのは、『橋架結社』の暗殺者ムト＝テーベ……だけでなく、アレイスターや一方通行勢力までもが参戦し……！

魔王学院の不適合者13〈下〉
～史上最強の魔王の始祖、転生して子孫たちの学校へ通う～
著／秋　イラスト／しずまよしのり

《災淵世界》と《聖剣世界》の戦いを止める鍵――両世界の元首が交わした「約束」を受け継ぐのは聖剣の勇者と異端の狩人――!?　第十三章《聖剣世界》編、完結!!

ウィザーズ・ブレインIX
破滅の星〈下〉
著／三枝零一　イラスト／純 珪一

衛星を巡って、人類と魔法士の激戦は続いていた。戦争も新たな局面を迎えるも、天樹錬は大切なものを失った衝撃で動けないでいた。そんな中、ファンメイとヘイズは人類側の暴挙を止めるため、無謀な戦いへと向かう。

楽園ノイズ6
著／杉井 光　イラスト／春夏冬ゆう

伽耶も同じ高校に進学し、ますます騒がしくなる真琴の日常。病気から復帰した華園先生と何故か凛子がピアノ対決することに？　そして、夏のライブに向けて練習するPNOだが、ライブの予定がダブルブッキング!?

妹はカノジョにできないのに 4
著／鏡 遊　イラスト／三九呂

家庭の大事件をきっかけに、傷心の晶穂が春太の家に居候することに。一方、雪季はついに受験の追い込み時期へ突入！　二人の「妹」の転機を前にして、春太がとるべき行動とは……。

新作
命短し恋せよ男女
著／比嘉智康　イラスト／間明田

恋に恋するぽんこつ娘に、毒舌クールを装う元カノ、金持ちヘタレ男子とお人好し主人公――こいつら全員余命宣告済！？　命短い男女４人による前代未聞な多角関係ラブコメが動き出す――！

新作
魔導人形(ホムンクルス)に二度目の眠りを
著／ケンノジ　イラスト／kakao

操蟲と呼ばれる敵寄生虫に対抗するため作られた魔導人形。彼らの活躍で操蟲駆逐に成功するが、戦後彼らは封印されることに。200年後、魔導人形の一人エルガが封印から目覚めると世界は操蟲が支配しており――。

新作
終末世界のプレアデス
星屑少女と星斬少年
著／谷山走太　イラスト／刀 彼方

空から落ちてきた星屑獣によって人類は空へと追いやられた。地上を取り戻すと息巻くが、星屑獣と戦うために必要な才能が無いリュートと、空から降ってきた少女カリナ。二人の出会いを境に世界の運命が動き出す。

レプリカだって、恋をする。
Even a replica falls in love
榛名丼
［イラスト］
raemz
16歳、夏。はじめての、青春。
愛川素直という少女の
身代わりとして働く
分身体（レプリカ）、それが私。
本体のために生きるのが
使命……なのに、
恋をしてしまったんだ。
海沿いの街で
巻き起こる
ちょっぴり不思議な
青春ラブストーリー。
応募総数
4,128作品の
頂点
第29回
電撃小説大賞
大賞
受賞作
電撃文庫

クセつよ異種族で行列ができる結婚相談所
～看板ネコ娘はカワイイだけじゃ務まらない～
五月雨きょうすけ
ill. 猫屋敷ぷしお
見習い秘書係のネコ娘、今日も頑張っています!
第29回
電撃小説大賞受賞作
電撃文庫
特設サイトをcheck!!
STORY
訪れるのはワケあり相談者ばかり?
異種族同士の婚活って大変なんです!
ドタバタ婚活ファンタジー、はじまります!!

学生統括ゴッドフレイ。
煉獄と呼ばれる男。

その若かりし日の、
苛烈なる青春の軌跡。

宇野朴人
illustration ミユキルリア

七つの魔剣が支配する
Side of Fire ―煉獄の記―

オリバーたちが入学する五年前――
実家で落ちこぼれと蔑まれた少年ゴッドフレイは、
ダメ元で受験した名門魔法学校に思いがけず合格する。
訳も分からぬまま、彼は「魔法使いの地獄」キンバリーへと
足を踏み入れる――。

電撃文庫

仁木克人
ill.堀部健和
魔王城、空き部屋あります！
Demon King's Castle For Lease!
魔王城を、魔王自らマンション経営!?
豊洲ではじまる不動産コメディ!!
あいあむ勇者
電撃文庫

Story
木の芽
Illustration
へりがる
VILLAIN SCION
悪役御曹司の
〜二度目の人生はやりたい放題したいだけなのに〜
勘違い聖者生活
SAINT
気ままな悪役御曹司ライフのつもりが
勝手に聖者認定!?
[あらすじ]
悪役領主の息子に転生したオウガは人がいいせいで前世で損した分、やりたい放題の悪役御曹司ライフを満喫することに決める。しかし、彼の傍若無人な振る舞いが周りから勝手に勘違いされ続け、人望を集めてしまい?
電撃文庫